A Filha do
Governador

Paule CONSTANT

A Filha do Governador

Tradução
MAURO PINHEIRO

Título do original em francês
LA FILLE DU GOBERNATOR

© *Editions Gallimard, 1994*

Reservam-se os direitos desta edição à
EDITORA JOSÉ OLYMPIO LTDA.
Rua Argentina, 171 – 1º andar – São Cristóvão
20921-380 – Rio de Janeiro, RJ – República Federativa do Brasil
Tel.: (21) 2585-2060   Fax: (21) 2585-2086
Printed in Brazil / Impresso no Brasil

Atendemos pelo Reembolso Postal

ISBN 85-03-00710-X

Capa: LUCIA MELLO E MONIKA MEYER

Este livro, publicado no âmbito do programa de participação à publicação, contou com o apoio do Ministério francês das Relações Exteriores.

CIP-Brasil. Catalogação-na-fonte
Sindicato Nacional dos Editores de Livros, RJ.

C774f

Constant, Paule
   A filha do governador / Paule Constant; tradução de Mauro Pinheiro. – Rio de Janeiro: José Olympio, 2002.

   Tradução de: La fille du Gobernator
   ISBN 85-03-00710-X

   1. Romance francês. I. Pinheiro, Mauro, 1957- . II. Título.

CDD 843
CDU 840-3

02-1406

Para Dédé

"Os navios vão sempre para o lado errado."

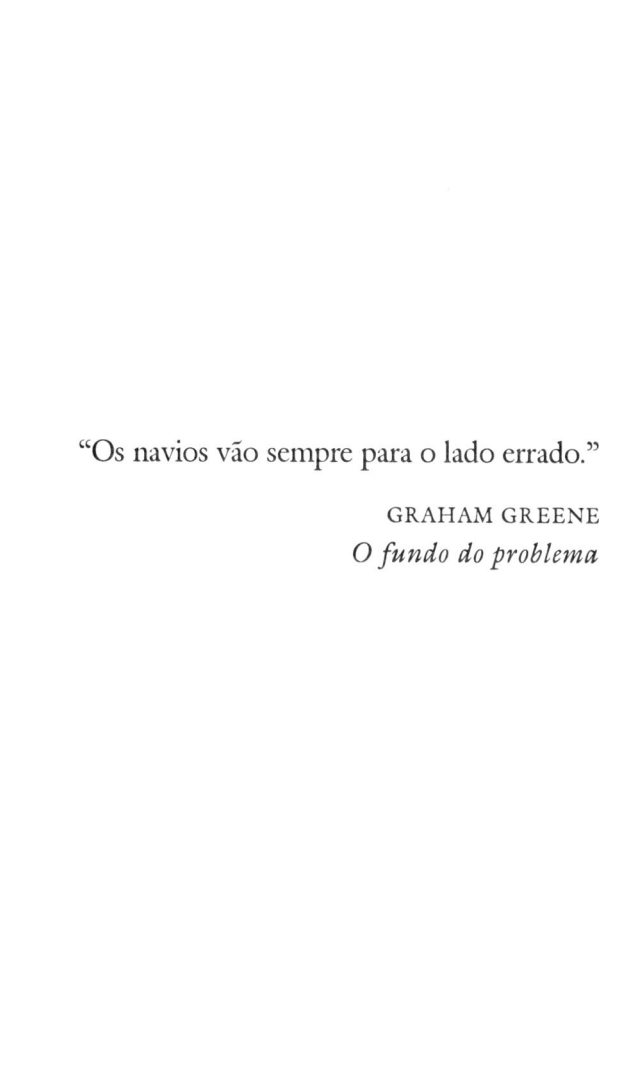

GRAHAM GREENE
O fundo do problema

1

A primeira lembrança da filha do governador do presídio de Caiena — enquanto filha do governador, pois já tinha tantas lembranças quantas pode ter uma menina de sete anos —, se fixa exatamente na passagem de transbordo ligando, em plena noite oceânica, o grande transatlântico ao bote do presídio de Caiena. A lama derramada pelo Amazonas impedia os navios de se aproximarem da costa. Eles desembarcavam então alguns passageiros dentro de um barquinho de fundo plano que, no limiar das águas profundas, enfrentava as ondas enormes.

Antes, havia imagens que passavam como as nuvens que se fazem e se desfazem ao sopro do vento em formas que acreditamos reconhecer e que, num abrir e fechar de olhos, não reencontramos mais. Antes, havia pedaços incoerentes de uma história que pensamos ter vivido e que tentam nos persuadir de que ela nunca existiu. Antes, não havia na sua cabeça senão sonhos adormecidos que se estendiam como um lamento e que ela não conseguia reter, doçuras ácidas que inundavam sua boca e que cuspia com a saliva, tristezas afogadas que esmagava fechando os olhos.

Mas, no momento em que Chrétienne pôs os pés na escada feita de cordas trançadas e sarrafos de madeira, no instante em que ela segurou com força — como lhe tinham recomendado — a corda espessa, dura e irregular que servia de corrimão, teve início o processo irreversível da memória. Ela começou a registrar tudo com uma intensidade dramática que não deixava espaço para mais nada, nem mesmo para o crescimento do corpo; dava para notar que não se desenvolvia normalmente, enfraquecendo-se e definhando até ficar mais raquítico, mais magro e, principalmente, menor do que quando chegara ao presídio. Sob a ação da hipertrofia da memória, constatou-se que a inteligência, do mesmo modo que o corpo, havia também parado de se desenvolver; quanto aos sentimentos, esses permanecerem no estado rudimentar da expressão de um coração seco, embora exaltado.

Proliferando à velocidade de uma planta carnívora, a memória lhe devorava a cabeça, provocando essas dores violentas que experimentam as crianças hidrocéfalas. Tudo que ela via, tudo que ouvia invadia sua cabeça como uma maré que destruía o seu entendimento e submergia seus sentidos. O medo deixava marcado ali, sem ordem nem razão, detalhes monstruosos, cores excessivas e sons discordantes.

A memória estava ficando louca. Ela ia cada vez mais rápido, cada vez mais fundo, cada vez mais longe, arrastando como o Amazonas as águas de todos os rios, a lama de todos os países, a chuva de todas as nuvens. Ela carregava na sua correnteza agitada árvores arrancadas, gado vivo, peixes cegos, barcos partidos, ilhas habitadas por pescadores adormecidos à deriva. Como o Amazonas, ela não sabia de onde vinha, para onde ia, presa à sua própria maré abundante, concebida para ser só ela mesma, para preencher todo o espaço, ocupar a eternidade que não era perturbada nem pelo choro do bacurau, nem pelo mugido dos touros com as patas rachadas, nem pelo riso dos macacos ruivos.

No meio da escada, Chrétienne hesitou. O navio cavava dentro do oceano um vazio vertiginoso que a aspirava. O correto teria sido descer de costas, sem olhar para baixo; porém o governador do presídio de Caiena, que foi o primeiro, tinha descido a escada de frente para pular dentro do barco. Agora que ele a olhava, ela não podia fazer de outro modo. O escarcéu dos apitos dos marujos que saudavam o desembarque do governador provocava uma afobação não muito conveniente para quem ia ingressar naquele bote que parecia tragado pelo mar. Quis correr para escapar do ruído lancinante que dominava o abalroameno surdo das ondas, os estalidos do barco. Nos reflexos avermelhados dos lampiões, centenas de braços se erguiam na sua direção, a palma branca de suas mãos lívidas a chamavam como se fossem flamas.

Chrétienne avançava contra a sua vontade. Ia de tábua em tábua, agarrada à corda, concentrada e extremamente tensa para evitar os buracos. As fendas da escada, maiores do que as ripas de madeira, deixavam aparecer na superfície a nervosa ronda dos tubarões caçadores que vinham perseguindo o navio desde bem antes de alcançarem as águas quentes e que, sob os projetores, exibiam seus ventres brancos virando-se na transparência das ondas.

Logo acima dela, podia ver os sapatos de sua mãe transpondo o vazio. Eram grandes sapatos brancos como os que usam as enfermeiras, sapatos resistentes e confortáveis para andar rápido e sem ruído sobre os ladrilhos de um hospital. Não fosse pela nítida lembrança da menina quanto a esse detalhe, ainda mais exata porque acabava de desabrochar no deslumbramento daqueles sapatos, pode parecer estranho que a mulher do governador tenha desembarcado no presídio usando sapatos de enfermeira, a menos que ela os tivesse calçado como sapatos de montanha, só para efetuar o perigoso transbordo. Mas como usava também o seu uniforme, véu e capa azul amarrada em cruz ao longo do grande avental branco, anunciava-se através daquele traje quase religioso que não era sem razão que ela colocava os pés no outro mundo.

Finalmente foram apanhadas, conduzidas e colocadas em lugar seguro e depois retirou-se a escada e largaram-se as amarras. O bote custou a se soltar do navio, a corrente empurrando-o para debaixo do casco. Durante alguns segundos houve um combate brutal e confuso, em seguida, o motor funcionando, os croques estendidos, os remos manobrados com enorme vigor, o barco se soltou do ventre do navio.

Dentro da noite negra, o navio ficou parado sobre o oceano como uma torre brilhante a impedir que se visse outra coisa, até mesmo o governador e as autoridades com seus trajes de cerimônia, brancos com galões dourados, sobre os quais os primeiros clarões da alvorada que se erguia rapidamente se lançaram, tornando a água enlameada, quase viscosa ao se aproximarem da costa, o barco tão feérico como se transportasse, vindo de não se sabe que estrela, um carregamento de luz.

2

No grande navio não havia acontecido nada. Os passageiros da primeira classe se entediavam. Entre o jogo de malha, na popa, e o minigolfe, na proa, uma mulher passeava com o seu cachorro branco, uma cadelinha de nome Brigitte que não gostava de crianças. Isso vinha a calhar porque, exceto a filha do governador do presídio de trabalhos forçados de Caiena, no convés da primeira classe não havia crianças; estas encontravam-se reunidas na segunda classe com pais mais jovens, de posição menos elevada, com menos privilégios, carreiras menos promissoras.

Brigitte, o motor já gasto, a mecânica cansada, se deixava arrastar por uma longa trela vermelha, soltando atrás de si um fino vazamento de urina amarela que os grumetes lavavam com muita água, proferindo insultos em espanhol. Já no primeiro jantar, à mesa do comandante, o coronel de V., que retomava seu posto de adido militar em Montevidéu, levantou-se desabotoando a calça para mostrar às senhoras que seus brasões estavam bordados na ceroula.

O governador do presídio de Caiena, profundamente indisposto com a presença de Brigitte, que lambia comida do prato de sua dona, e a do coronel de V., de uma grosseria típica de velho soldado, pediu que a sua refeição fosse servida dentro do camarote pelo ordenança. Essa retirada desfalcou a mesa de honra que pôde assim dar livre curso à curiosidade. Quem é ele? De onde ele vem? Perguntaram uns aos outros, farejando algum agente secreto do partido inimigo, socialista ou judeu, portanto antimilitarista. Era tudo estranho nessa família, o pai, a mãe, a filha, a posição, a idade, o cargo... O comandante lhes revelou, sob a terrível máscara, um herói da guerra, um sobrenome célebre, uma famosa reputação. Uma baioneta tinha atravessado seu rosto lhe deixando, de um lado ao outro, uma espessa cicatriz, a imagem deslocada, os traços que não mais se ajustavam.

— O açougueiro de Ypres! — exclamou o coronel de V.
De repente, o ambiente relaxou.

— É que — declarou a dona da cadelinha — é difícil comer ao lado de um rosto desfigurado. Podem dizer que eles trouxeram a vitória e ganharam a guerra, mas nos tiram todo o apetite — e instalou Brigitte no lugar do governador.

Cristina compreendeu que a viagem seria menos sombria do que se anunciava à partida e que o drama inicial havia causado já um primeiro impacto, e ficava casualmente na pista de

Brigitte, seguindo o rastro oleoso, supondo pela cor cada vez mais escura que ela acabaria secando, e por perto do coronel de V., esperando que fosse abaixar totalmente a calça. Dirigindo-se à sua mulher, sua interlocutora privilegiada, sua tradutora universal, o governador perguntou por que sua filha se obstinava a se pasmar diante das palhaçadas de um coronel e das porcarias de um cachorrinho?

Na primeira escala, quer dizer, nas primeiras palmeiras, quando o azul se fixou no céu e o sol agarrou-se definitivamente ao navio, o governador, como era de se esperar, recusou-se a descer sob pretexto de que ele não estava ali para passear. Sua mulher juntou-se a ele no camarote, o leque na mão direita, o terço na esquerda. Ela rezava e se abanava alternadamente. A oração lhe dava acessos de calor. Chrétienne teve de se contentar em observar, do convés, a efusão dos viajantes de segunda e terceira classes que negociavam, embaixo do passadiço, bananas cujos nomes obscenos a encantavam, pequenos objetos de vime e enfeites que ela não conseguia, de onde se encontrava, adivinhar a natureza.

A dona do cachorrinho, que tampouco tinha aproveitado a escada para levar Brigitte para mijar em terra firme, fazia subir dentro de um balaio preso a uma corda tecidos bordados, cuja aproximação ela pontuava com exclamações de entusiasmo: "é feito à mão", "é bem barato!" que a filha do governador comunicou imediatamente aos seus pais como se fossem a senha que os faria levantar de suas cadeiras.

O charme da expressão, tão irresistível alguns instantes antes na boca da "mamãe" de Brigitte, desapareceu à porta do camarote diante do governador, que segurava seu corta-papel como um punhal, o ordenança, que retirava uma bandeja e a mulher do governador, que, espasmodicamente, balançava o leque na altura do nariz. O "é feito à mão" os lançou, principalmente o ordenança, que era a caixa de ressonância dos sentimentos do governador, num embaraço pleno de reprovação. O "é bem barato" morreu em seus lábios, enquanto ela ensaiava um passo para trás destinado a evitar, se ainda houvesse tempo, a armadilha dentro da qual tinha se enfiado, e desaparecer antes que lhe fosse imputado o castigo de ficar lá com eles. O governador lançou-se num comentário do qual, na extremidade do corredor, ela só ouviu as últimas palavras: "...mulherzinha atroz!" Ela não sabia se eram endereçadas à proprietária de Brigitte, ou a ela mesma, porém sentiu que não era bom nem para uma nem para outra, e que era importante que não as encontrassem juntas. No entanto, foi em direção a ela que, irresistivelmente, Chrétienne se voltou.

Ao sol, pareceu-lhe que o olho direito da cadela tinha repentinamente ficado azul, com um efeito gelatinoso dentro da sua turva transparência que aguçou sua curiosidade. Ela se agachou para examinar melhor, o que irritou a proprietária do animal, que ordenou-lhe que parasse imediatamente, com aquela brincadeira. A cadela era caolha, assim como seu pai tinha o rosto desfigurado, era tudo. Ela ia perder a visão, nada podia ser feito, mas os cães têm, em relação aos humanos, uma intuição muito forte dos sentimentos que provocam e Brigitte podia perceber uma tristeza que acentuava ainda mais o mau funcionamento dos seus rins.

— RINS, murmurou Chrétienne para não ficar por baixo. Ela os via como essas dálias sombrias em botão que precisamos forçar as pétalas retorcidas para atingir o coração, e depois, em voz alta, desafiadoramente; RINS VERMELHOS E XIXI AMARELO. Mesmo afastando-se, ela se perguntava se, quando Brigitte perdesse o olho, ele rolaria pelo chão como uma bolade-gude e se haveria chances de ela o recuperar retido entre as pranchas do passadiço.

No convés de bombordo, o coronel de V. lançava moedinhas para os negrinhos brilhantes e pretos como o alcaçuz, do qual retinham o aspecto elástico e do qual adivinhava-se o gosto doce e anisado. Ela bem que teria dado uma mordida, numa das mãos, num pé; a cabeça por último depois de ter longamente chupado o ventre.

— Você nunca conseguiria fazer como eles — disse-lhe o coronel atirando uma moeda.

Oh! não, ela nunca conseguiria fazê-lo, nem pular tão longe, nem mergulhar tão fundo, nem trazer a moeda de volta entre os dentes, nem brigar depois para roubar, nem escapar engolindo a moeda.

— Ali, olha!

A mão fechada, o coronel fingia lançar com a expressão jovial de um amestrador que engana seu cão, mas ele guardava a moeda na mão e os meninos mergulhavam para todos os lados, sufocando um ao outro para apanhar uma moeda fantasma que, para cúmulo da infelicidade, eles acreditavam ter perdido.

— Ah! — dizia o coronel, divertindo-se magnificamente com a sua fórmula — é nada por nada!

E a filha do governador assistia ao espetáculo com a angustiada curiosidade das crianças que, no circo, esperam que o domador seja devorado e o equilibrista, principalmente se não houver uma rede de segurança, caia lá de cima. Ela aguardava a catástrofe, o tubarão.

— Parece que está infestado de TUBARÕES — disse ela ao coronel de V. que, interrompendo o gesto, a observou com um interesse amigável e até admirativo.

— Você quer tentar? — perguntou ele, oferecendo-lhe uma moeda, sem contudo precisar a natureza da tentativa.

Ela aceitou com entusiasmo, tentando lançar a moeda o mais longe possível para fazer os mendicantes saírem da sombra protetora do navio. Infelizmente, ela não teve força suficiente para alcançar seu projeto sangrento e a moeda resvalou para dentro do pavimento inferior, onde o filho de um funcionário a apanhou para colocar no cofrinho. Portanto, foi com o braço levantado na direção de um bando de crianças famintas que sua mãe, tendo decidido render-se ao "é feito à mão", a surpreendeu, entendendo que ela havia passado a um grau superior de indisciplina. Era preciso que compreendesse, disse, levando-a para o camarote onde ficaria detida, que não se devia tratar assim os seres humanos, que não se atirava aos homens, e muito menos às crianças, nem pão, nem balas, nem moedas, NEM O QUE QUER QUE SEJA...

Chrétienne deixou-se punir sem protestar pela aparência de um gesto que ela sabia ser bem mais grave. A porta fechada, ouviu a voz colérica e lassa do seu pai que lhe perguntava se ela preferia a vida de um chinês anônimo no meio de milhões de chineses que superpovoavam a China ou a sua felicidade.

A minha felicidade — respondeu ela com ainda mais espontaneidade, já que nenhuma alusão tinha sido feita quanto à presença dos tubarões sob o navio, nem à maneira como morreria o chinês.

E depois, como não ouvia mais nada no camarote ao lado, onde se encontrava o pai, perguntou:

— Um bebê ou um chinês muito velho e doente?

E como o silêncio continuava:

— Uma felicidade enorme ou uma felicidade pequena?

3

O navio havia partido durante a noite. Chrétienne tinha vagamente sentido o surdo sussurro das máquinas cujo coração voltava a bater, o lento tremor da carcaça estalando e o embalo das vagas ao largo da costa. Ela acordou em alto-mar, a água e o céu partilhavam a escotilha, mais escuro mais claro, tudo escuro tudo claro, como num balanço do parque.

— É o chinês que eu prefiro — lançou ela na direção da parede divisória do governador à guisa de consolação e saudações matinais, querendo mostrar que um novo dia havia chegado dissipando as querelas da véspera.

E, depois, o que tinha a perder?

Foi sua mãe que lhe perguntou ao sair do banheiro:

— Você está sendo sincera?
— A felicidade não é a vida — retorquiu Chrétienne.
— Mas promessa é promessa — replicou sua mãe —, um juramento é um juramento. E, a partir de hoje, você cuida do seu chinês.
— Eu não o conheço.
— Ele terá o aspecto, a cor e a forma dos seus pensamentos, crescerá com seus sacrifícios. Você entende?

Ela havia recolocado a roupa de enfermeira e reencontrado a bela determinação que a lentidão da viagem quase fizera soçobrar atrás do leque. Tinha acabado de pôr o véu com aquele gesto preciso da unha do polegar para descolar a dobra engomada que apertava sua testa bem acima das sobrancelhas. Remexendo na sacola, verificou se o estojo de seringas não estava aberto.

— Onde a senhora vai? — perguntou-lhe Chrétienne, preocupada: se uma saída assim precipitada a condenaria a permanecer no camarote, prolongando inutilmente sua detenção.

— Você não está vendo? Vou cuidar dos feridos — respondeu a mulher do governador procurando o algodão.

— Quem está ferido? — continuou a criança, medindo pela quantidade de algodão e compressa que sua mãe enfiava na sacola que a ferida deveria ser enorme.

— Os presos — disse sobriamente a mãe, girando sobre os saltos dos sapatos.

Como a prisão ficava em Caiena, Chrétienne não entendia como os presos, ainda por cima feridos, tinham surgido no navio, a não ser para saciar o desejo de sua mãe de limpar, examinar, desinfetar, fazer curativo.

O ordenança, que viera dobrar as roupas do governador, abandonou o dever de discrição e deixou escapar algumas informações, dentre as quais a que dizia que, no momento do navio levantar âncora, o cônsul, ou alguém parecido, tinha trazido uma dezena de presidiários fugitivos que a prisão local não queria mais guardar e tinha pedido que fossem reconduzidos à Caiena. O comandante tinha se recusado a embarcá-los alegando não haver no navio nem celas nem guardas, porém o governador insistira em levá-los sob a sua responsabilidade. Tinha chegado a propor transformar o seu camarote em cela. Finalmente, os condenados embarcaram. Encontraram para eles um local perto das máquinas onde viajariam acorrentados. Estavam todos doentes, sendo dois moribundos, resultado do regime carcerário coroado por uma deriva de mais de um mês numa jangada, onde eles tinham deixado a pele exposta ao sol, os membros aos tubarões e os dentes ao escorbuto.

A aproximação da costa foi marcada por uma enervação geral apaziguada no convés pelos banhos de água do mar e, no porão, por duas ou três golfadas de vapor. De um lado, refrescavam-se os entusiasmos tropicais, do outro, acabavam-se de queimar os corpos calcinados. Mas a filha do governador, ainda de castigo, não participou nem do contentamento lá em cima, nem do infortúnio embaixo, perdendo ainda dois acontecimentos que ela pressentira em seu íntimo: a morte de Brigitte por uma crise de uremia e o *strip-tease* do coronel de V. que, fantasiado de Posêidon, tridente na mão, exibiu seus brasões secretos que, se pôde constatar, eram de conde.

Dois queimados, uma agonia de várias horas que a mulher do governador acompanhou sozinha no fundo do porão com mais orações do que remédios. Dois cadáveres que reduziram a cinzas a alma do governador, pelos quais ele também só pôde rezar, e o corpo rígido de Brigitte sobre uma almofada de veludo. Todo mundo chorava, exceto a segunda e a terceira classes, espremidas entre todas aquelas desgraças, ainda imaginando que estavam fazendo um cruzeiro. Colocada fora do jogo, injustamente afastada dessas imersões, a filha do governador, lançando um olhar suplicante à porta fechada, teve a certeza de poder escapar da dupla história que se desenrolava no navio.

— Homens e cães, tanto uns quanto os outros, CARNE PARA OS TUBARÕES!

O coronel de V. não se enganava quanto às razões da ausência do governador à mesa oficial, o enjôo que perdurava sobre um mar plácido teria alertado uma pessoa menos perspicaz. Podia-se mesmo apostar que aquele exibicionismo escondia procedimentos ocultos e que aquela euforia, expansiva e permanente, encobriam atividades secretas, como a espionagem, da qual não estavam totalmente livres depois da guerra e que parecia outra vez necessária com a proximidade dos territórios que tinham acolhido o capitão Dreyfus.

A personalidade assustadiça do governador do presídio de Caiena, aliada a uma inexperiência explícita no domínio penitenciário e a um posicionamento pelo menos fantasioso sobre a situação dos prisioneiros a bordo do navio, intrigava. Interrogado, o comandante do navio disse tudo o que sabia e, principalmente, que o governador era o único sobrevivente de todo o seu batalhão, que tinha ficado longos meses entre a vida e a morte, a cabeça envolvida por ataduras que ninguém ousava remover. Ele tinha se casado com sua enfermeira. Uma moça já não tão jovem, mas uma alma admirável. Ela o escolhera entre todos os outros por ser o mais atingido, desejando-o mesmo desfigurado. Não se decepcionou. O ferimento era horrível, os estragos no cérebro consideráveis. Ela o tinha tratado com uma devoção sem limites. Ensinara-lhe novamente a andar, falar, ler e escrever. O tempo todo que ele estivera cego, surdo e mudo, navegando sobre as águas tempestuosas às margens da morte, ela lia a Bíblia para ele, os Salmos. Era de se esperar que ele despertasse convertido, tinha virado deus Pai. Mas como foi ela que o fizera assim, ela era a Madre de Deus.

E, nesse ponto, o comandante, que se dedicava a tornar a história o mais romanesca possível, acabava sendo indiscreto. Ele revelou detalhes íntimos, como o da promessa que o casal fizera a si mesmo de conceber uma criança para dar uma chance à esperança, depois proferir votos de pobreza, de humildade e de castidade; e de se consagrar ao serviço dos pobres entre os pobres, os mais desprovidos, os mais desprezados. E fazia sete anos que Chrétienne tinha vindo ao mundo.

Com um nome desse, a pobre menina não está perdida, dizia o coronel de V., percebendo no convés a filha do governador, finalmente livre do castigo. Não fazia diferença, ela ia para uma região onde se abandona os nomes e sobrenomes, onde somente contavam os apelidos. E, apelidos, eles já os tinham, vindos dos pavimentos inferiores. Os passageiros de terceira e de segunda classes já cantavam "o Governador, a Madre de Deus e a Donzela", com a música de *O rei, a rainha e o pequeno príncipe*.

Ele procurou outros detalhes.

— Você ainda se interessa pelos tubarões?

E, aproveitando o seu embaraço:

— Você sabe quem é o seu pai?

Ela nunca tinha se preocupado com aquilo. Incapaz de responder. Incapaz também de acompanhar, dentro dos belos trajes que o ordenança estendia para que arejassem, o progresso de uma carreira. Com seus casacos azuis e suas calças vermelhas, suas polainas brancas, suas calças negras, suas jaquetas listradas, seus chapéus flácidos, suas cartolas, seus claques, seus bonés, seus quepes, a valise de seu pai assemelhava-se à de um mágico.

— Minha mãe é enfermeira — respondeu ela.

— Disso eu não tenho a menor dúvida — concordou o coronel com uma ironia hostil.

Ela não sabia e, depois, o que podia fazer? Sua memória não tinha ainda se desenvolvido, tudo permanecia informe e vago, sim e não, conforme as perguntas sim e não, sem que aquilo fizesse muita diferença. E agora que fazia um esforço para responder ao coronel, uma dor de cabeça bem leve vindo da nuca lhe envolvia o olho direito. O sangue latejava na sua fronte. Ela colocou a mão em cima.

— É a reverberação — disse o coronel que pretendia prosseguir com o interrogatório. — Eles são realmente os seus pais?

Semeando dúvida onde já havia dúvida. Que criança de sete anos não tende a acreditar que seus pais não são VERDADEIROS? O coronel lhe delineava repentinamente uma biografia dramática que explicava muitas inquietações por ela experimentadas, tristezas que reprimia desde que estivera injustamente de castigo. Ela não podia porém negar certas realidades, a grande guerra durante a qual seus pais tinham se encontrado, o após-guerra quando tinha sido concebida, período ao qual bastava adicionar sua idade para descobrir a data da viagem. Em luto repentino por uma jovem mãe frívola de quem foi separada por uma velha enfermeira extenuada, e de um jovem e amável pai que tivesse acalmado a irritação do governador. Uma vida sem infelicidade nem rigor, na qual se pensaria primeiramente em si mesma, antes de servir aos outros. Uma existência ao ar livre, sem moderação nem punição. Uma recreação em que se brincaria antes de rezar. Ela estava agradecida ao coronel por lhe ter fornecido razões para entender a sua infelicidade.

— Eu não sou filha deles — disse ela desviando o olhar do rosto do coronel que a observava.

Ela procurava com os olhos na esteira da roda de proa localizar os tubarões perseguidores que devoravam o lixo do navio, deixando-se invadir por uma vergonha corrosiva que, associada ao receio de que sua mentira viesse a ser descoberta, abatia-a com certa indignidade. Sentia-se como os deportados que iam para Caiena considerando justificada, ao aproximar-se do presídio, sua condenação. Sentia-se culpada. Cabisbaixa, notou as polainas de cor creme do coronel de V. que tornavam espessos seus tornozelos e faziam seus pés calçados de verniz negro parecerem ridiculamente estreitos. Ela se perguntava se os botões das polainas eram feitos de contas de rosário e se, quando ele andava, sacudiam-se em pequenas preces.

4

Visto do bote de desembarque, o céu se fundia com o mar num abraço sem-fim de lama e nuvens sacudidas pelas ondas que esguichavam para o céu. Eles mergulhavam dentro da água, rodopiavam vítimas da imensa vertigem, enquanto os elementos da criação não paravam de se separar, hesitantes quanto ao seu porvir, inseguros, carregando uma memória de chuva, um destino de bruma. Nesse lugar do mundo, dentro da imensa exuberância do Amazonas, no magma do céu e da terra arrastados para dentro de uma única e enorme corrente, surdos ante o estrondo das águas intimadas a despedaçar-se, o governador, a cabeça erguida e o olhar firme, era, naquele bote, como a agulha de uma bússola.

À medida que o inominável avançava, ele se persuadia de que aquilo não era objeto de uma ilusão. Agora que se confirmava a certeza de que assim seria para sempre, diante daquela terra sombria capturada entre a lama do céu que vomitava incessantemente e a lama do mar que não parava de se solidificar, seu rosto se descontraía. Ele se dizia o governador da vaga profunda, aquela que remexe o lodo da humanidade para projetá-la contra o céu; ele avançava sobre a lama, progredia dentro do lodo, porém seguia rumo às estrelas.

Ele sonhava com a última onda que conduzira ao fogo, a contínua onda azul das túnicas que se desprendiam das trincheiras, ao brilho do sangue vermelho onde os casuares brancos flutuavam como espuma. Era uma vaga de inocência, onde a juventude, a coragem, a virtude haviam perecido. Por três vezes tinha comandado o ataque. Foi o último a sair, avançando sobre os corpos quentes que cobriam os corpos frios, o último a cair, como se tivesse querido proteger com seus braços estendidos todos aqueles homens que ele tinha levado à morte. A baioneta que lhe cortou o rosto e lhe abriu o crânio o tinha despertado no meio do desastre. Se Deus recusou o meu sacrifício, dizia com o coração apertado, é porque ele me destinava à lama.

Chrétienne se encontrava instalada na parte de trás do bote, sobre um banco de madeira no meio das bagagens. Com a luz do dia, ela descobriu que não estava sozinha, sentara ao lado de uma espécie de gnomo, do tamanho de um grande potiche, do qual possuía o mesmo aspecto liso, redondo e atarracado. Sobre os ombros estreitos e fugidios, os braços curtos e mãos pontudas, afundava-se uma cabeça enorme, fendida, como se por uma lâmina de uma orelha à outra com um imenso beiço, mas sorrindo cheio de bondade. A filha do governador, apesar da apreensão que havia inicialmente se apoderado dela, tentou uma tímida aproximação e disse no tom cerimonioso por ela usado com pessoas que lhe davam medo, os mutilados de guerra, os feridos que se arrastam dentro dos hospitais com uma perna ou um braço a menos, as pessoas muito velhas que são levadas a passeio sentadas em cadeiras de roda recobertas por uma tela encerada e, de um modo geral, com todos os doentes que se vê em Lourdes, onde a sua mãe ia todos os anos:

— Bom-dia... bom-dia, senhor.

Estava certa de que aquele ser desfavorecido, por que não dizer, monstruoso, ficaria agradecido por se ver tão educadamente tratado. Insensível à saudação de Chrétienne, ele mantinha aquele amplo sorriso imóvel que clareava, sob pesadas pálpebras semifechadas, seus imensos olhos dourados.

— Bom-dia, bom-dia — repetia Chrétienne, que tinha se aproximado e contemplava o novo amigo com uma admiração curiosa e aterrorizada, principalmente pelo aspecto da pele que era, sob a aparência gelatinosa, decorada com tatuagens de eflorescência azulada.

A criatura deu um mugido tão grande, tão profundo, tão gutural, tão sonoro como uma vaca chamando seu bezerro.

— O que é isso? — interrogou a mulher do governador, levantando-se bruscamente do lado da maca perto da qual estava ajoelhada.

Ao notar sua filha com o mais enorme, mais gigantesco, o mais obeso dos sapos que ela jamais imaginara poder existir nem no pior dos pesadelos, levou a mão à boca e, perdendo todo o seu comedimento, exclamou:

— Senhor Jesus!

O monstro era o guardião da barca do presídio de Caiena, o pequeno deus que evitava que ela fosse arrebatada pelo redemoinho, o bom guia do Amazonas, a sereia encantada dos presidiários, o protetor contra o nevoeiro do oceano, o amuleto contra os tubarões, o companheiro dos que se calam, o pai e o filho do rio.

— É o meu simpático amigo — disse Chrétienne provocando a todos, pegando sua mãe desprevenida quanto ao capítulo do amor pelos desfavorecidos, sobre a compaixão que se deve ter por aqueles que são diferentes, sobre a igualdade dos seres no coração de Deus, sobre o Meu Semelhante, Meu Irmão. Quanto Mais Feio Você For Mais Eu Te Amo. Quanto Mais Você Fede, Mais Eu Te Respiro. Tua Desfiguração é Requinte Aos Meus Olhos.

Escolhendo o sapo, querendo-o com amor e amizade, exigindo que o colocassem sobre os seus joelhos, grande bebê babado que era, pronta a fazer-lhe gracinha, desejando dar-lhe mamadeira, abrindo seu coração privado de gatos e cães, de peixes e de passarinhos. Berrando do fundo do barco sua prece frenética:

— Senhor, Dê-me Um Grande Sapo Como Amigo. Senhor, Se Eu Tivesse Um Sapo, Não Ficaria Mais Só. Saberia Quem Amar.

Acocorada repentinamente diante do sapo para parecer com ele, as mãos no chão, saltando com as pernas dobradas, mostrando-lhe que ela podia fazê-lo, assim como babar e mugir como uma vaca, tudo isso sabendo que estava indo longe demais e que o sapo teria se contentado com um beijinho, um breve carinho. Ela compreendia que seu amor excessivo, impregnado de alguma cólera, proporcionando um espetáculo revoltante que não conseguia mais dominar, implorava que alguém fizesse qualquer coisa, pois no ponto em que se encontrava, acabaria se enlaçando com o sapo, sua boca devorada pela dele e ambos cairiam como um rochedo no fundo do mar.

— O que há com ELA? — perguntou o governador, violentamente irritado.

— Está exaltada — replicou sua mulher.

Um prisioneiro — como são gentis, disse consigo mesma a Madre de Deus — se aproximou da criança, levantou-a e, enxugando a sua testa coberta de suor, explicou-lhe que aquele sapo era velho e sagrado, acostumado a viver dentro do barco, adestrado há muito anos e, portanto, calejado como um velho marinheiro. Mas lhe achariam um outro, um pequeno, um filhote de papo azul, com um boné como usam os bebês. Ela abanou a cabeça, incapaz de pronunciar uma só palavra, de tão irritada ficara sua garganta depois da prece. Feliz por se calar, contribuía, do fundo do coração, para o retorno do silêncio.

5

O mais surpreendente em relação a Caiena é que não havia nada a se dizer a respeito, impressão desoladora que as personalidades locais que os acolheram confirmaram ao Governador e à Madre de Deus, que sonhavam com aventuras épicas e tragédias místicas. Garantiam que se vivia lá como em qualquer outro lugar, mostrando-lhes os mesmos prédios públicos, os mesmos monumentos aos mortos, as mesmas escolas. No fundo de seu desânimo, aqueles comentários banais acabaram por sacudi-los. A insistência das pessoas em lhes apontar o hospital e a usina de energia elétrica provava-lhes que o comum, até mesmo o necessário, eram aqui extraordinários. O fato de se conseguir implantar uma cidadezinha, exumada de não se sabe que província, numa terra estrangeira e violenta que recusava qualquer sinal de civilização, era algo de prodigioso. Era preciso lutar passo a passo contra a selva, a floresta, o pântano, arrancar a grama do salão, espantar os abutres do galinheiro, impedir que as cobras subissem nas camas, disputar as provisões da despensa com o êxtase das formigas vermelhas.

A mulher do comissário Mor, personalidade diligente da região, os guiava pela cidade. Animada por aquela boa vontade entusiasta das pessoas que se adaptam em todo lugar porque não enxergam nada, ela colocava todos os seus esforços para convencê-los de que eles ali se encontravam na Bretanha.

— Isso não lembra a Bretanha? — perguntava ela obstinadamente, esperando a confirmação. — E aqui — acrescentava logo em seguida, mostrando-lhes sobre o mar sujo e feio uma grande nuvem negra e cinza —, não é igualzinho à Bretanha?

Eles abriram bem os olhos mas, não, nada os fazia recordar a Bretanha e se calavam, deixando a amável senhora com suas ilusões azuis e luminosas enquanto eles mergulhavam num pesadelo sufocante e úmido.

Mas, mal tinham eles renunciado ao exotismo como a uma tentação fácil, e aqueles do partido oposto, nostálgicos e amargos, declararam-se. Falavam do clima opressor, das chuvas contínuas, da terra farta em água refluente, do bolor que come a pedra e devora a pele. Prediziam que, surpreendidos numa seqüência de dias infames, em que chuva misturava-se ao sol numa reverberação cinzenta e as estrelas e a lua eram engolidas pelas nuvens, eles só saberiam a hora pelo relógio e, depois, não distinguiriam mais os domingos senão pelo dobrar dos sinos. Esqueceriam os nomes das estações e perderiam a noção dos anos. Seriam apresentados à eternidade.

Os funcionários de Caiena aplicavam-se com afinco em descrever os vícios secretos de sua difícil existência. Aproveitavam a hora das refeições, a que tinham sido convidados, para desvendar os pequenos horrores da vida cotidiana. Tomando como exemplo o prato posto sobre a mesa, eles revelaram que aquilo que estavam comendo não era coelho, como poderiam supor ao ver a carne esbranquiçada nadando num molho claro, mas um rato e, após um curto silêncio destinado a deixar a surpresa passar, quer dizer, cotia.

— Portanto, não é rato — disse a Madre de Deus dirigindo-se a Chrétienne que tinha abaixado o garfo.

Durante o café, os senhores se separaram das senhoras para passar à sala de fumantes. Entre si, elas redobravam as críticas e Madre de Deus, que não tinha tirado o uniforme, assemelhava-se à guardiã de garotinhas durante a merenda, ou à vigilante de um bando de loucas. Elas não gostavam sobretudo dos criados domésticos recrutados entre os relegados, os presidiários que, após terem cumprido suas penas, tinham decidido redobrá-las vivendo na miserável semiliberdade de Caiena. Eles transformavam-se, sob o nome de "meninos de família", na pobre mercadoria de um novo comércio de escravos. Elas eram obcecadas por eles, suas histórias eram as delas, eles tinham se tornado toda a vida delas.

— Não há com que se amedrontar — disse uma senhora observando o rosto tenso da esposa do governador. Se eram preguiçosos — e isso eles eram! — eram também de uma honestidade acima de qualquer suspeita.

— Principalmente os assassinos — precisou uma dentre elas com aspecto guloso. — Não empregue nunca ladrões, só os assassinos — e percebendo que Chrétienne mantinha-se à parte — são muito gentis com as crianças.

Servindo-se do açúcar que a umidade fazia ficar grudado e que, segundo receita bem conhecida nos trópicos, tentava-se manter seco com grãos de arroz, ela expunha os crimes cometidos pelos seus criados, adornando seu relato com risadinhas afetadas.

— Com os passionais não há nenhum risco. Eu, eu desconfio dos insubmissos, aqueles que se recusaram a combater. O governador irá concordar comigo. São uns covardes que podem sempre se virar contra você. Antes de contratar, faço com que me tragam os processos...

— E os leprosos? — perguntou a Madre de Deus.

Um frio percorreu o ambiente.

Chrétienne observou que os pedaços de carne que ela jogara havia pouco debaixo da mesa faziam uma tímida aparição sob a extremidade da toalha, hesitando um curto instante, como se avaliassem o terreno, depois se precipitavam em ziguezague entre os pés das senhoras em direção à porta que dava para uma varanda onde enormes flores brancas e flácidas derramavam leite. Um pedaço de carne se pôs a escalar a parede para se fixar ao teto e se jogar bem em cima das suas cabeças.

A Madre de Deus reparou que Chrétienne estava com grandes olheiras. Ela segurou-lhe a mão e apertou-a dentro da sua para que ela tivesse paciência. Já não faltava muito. E saiu para ter com o marido que escutava as recomendações do comissário. Acreditando que a exposição de suas reflexões interessava ao governador, ele prosseguia sua descrição:

— ... Eu me pouparia, não possuindo a sua competência, de fazer qualquer julgamento quanto ao funcionamento de nossas administrações penitenciárias, mas, diga-se de passagem, é doloroso constatar que com o nosso modelo de repressão, o presidiário, este ser que já lesou a coletividade no seu lamentável período de liberdade, continua, mesmo deportado, a cargo da nação. Um deportado — por que não chamá-lo logo de... pensionista? — custa, é fato notório, muitos francos por dia à metrópole. Ora, na Guiana, eles são seis mil deportados...

— Estou indo — disse o governador dirigindo-se à mulher. Mas o homem não o deixava. Ele o seguiu até a entrada, onde o governador reuniu-se a um grupo de oficiais que o esperava para conduzi-lo ao presídio.

— ...Eu queria apenas preveni-lo contra os selvagens, a mentalidade brutal e sinistra dessa raça de condenados cuja revolta, sempre incessante e indomada, não se curva senão ante o olhar inexorável e a atitude decidida dos guardas. Eu deposito as maiores esperanças quanto a nomeação do herói de Ypres como legislador do presídio da Guiana no posto supremo de governador...

— Queira me desculpar — disse o governador virando-se para partir.

— ENFIM AÍ ESTÃO VOCÊS — disse o governador penetrando no pátio do presídio. Diante de centenas de proscritos em posição de sentido, vestidos em trajes brancos e vermelhos com um número marcado em preto sobre o peito, ele sentia-se diante de um exército derrotado e ensangüentado, ou de um grande convento de condenados. As almas mortas, pensou o governador, depois, se corrigindo, as almas vivas dos meus soldados mortos.

Durante *A Marselhesa*, a imagem do purgatório se impôs. Ela explicava essas dores vivas, esses remorsos contínuos, essas aflições permanentes na seqüência interminável dos dias. Deixaremos aqui os nossos crimes, nossas faltas, nossos erros e nossos pecados, dizia o governador a si mesmo, os abandonaremos nessa terra, nesse lodo, e seguiremos em direção à felicidade. Comandante de um imenso navio que ele não soube conduzir, este ele saberia governar. Ó mortos, soltemos as amarras!

Mas ali era o inferno e não haveria redenção. O presídio fedia a uma tristeza opressora, a uma dor ácida, a uma humilhação amarga que viciava o ar. Tanto sofrimento tinha passado por ali, tanta injustiça e desgraça impregnadas nos muros. Tantos homens tinham calcado esse chão para transformá-lo em terra batida, tantas mãos deformadas pelo trabalho moldaram os tijolos vermelhos das instalações. Tanta febre, tanta doença, tanto sono do qual não se retornava mais. Tantas amizades traídas por uma fatia de pão, tantas mulheres amadas e já esquecidas, tantas crianças órfãs. Tanta juventude destruída, tantos músculos desfeitos, tantos peitos afundados, tantas bocas desdentadas, tantos olhares vazios. Do fundo das masmorras, ninguém ouviria a ordem de ataque e, desta vez, o governador o sabia, ninguém sairia das trincheiras, ninguém morreria por ele. Estavam todos mortos em outro lugar, por outra razão. Então ele se descobriria só, e correria em direção à metralha. Mil balas dentro do corpo.

Conforme os hábitos, os presentes de boas-vindas afluíram, cocos esculpidos, quadros feitos de asas de borboletas que retraçavam o calvário do prisioneiro: o trabalho forçado com a madeira, a masmorra, o julgamento, a condenação, a guilhotina, a sepultura dentro da barriga de um tubarão. Para a Madre de Deus, um chicote de balata, essa goma duríssima que se colhe na floresta, cujo castão e a chibata eram ornados com incrustações de ouro e ébano. Ela nunca tinha visto um assim tão belo. Apertando-o com as duas mãos, com uma facilidade incrível, ela o dobrou e açoitou o ar fazendo-o assobiar diante de si, gesto triunfante que encantou a todos mas do qual, subitamente, ela envergonhou-se a ponto de enrubescer. Além de um serviço de mesa para boneca, de 70 peças, todas confeccionadas com latas de conserva, Chrétienne recebeu um casal de sapos-bois dentro de uma gaiola de bambu verde. Eles eram muito menores do que aquele do bote de desembarque, do tamanho de uma bola de futebol, porém a intenção era tão delicada que seu coração derreteu em reconhecimento. Lorde Jim, o macho, tinha uma calça de zuavo,* e um cigarro aceso à boca do qual tirava profundas tragadas. Priscilla, a fêmea, usava em torno dos punhos estreitos e rechonchudos finos braceletes prateados e, nas orelhas, longos pingentes que produziam um som de guizo ao menor movimento; por pudor fizeram-lhe um vestido de um velho brocado. Priscilla era uma boneca viva, de uma feminilidade louca e preciosa, impossível e extravagante, uma marionete miraculosamente animada.

Chrétienne, bastante absorvida pelo cigarro de Lorde Jim que ao se consumir ameaçava queimá-lo — mas ele se saiu muito bem, apagou-o com um pouco de baba crepitante e engoliu a guimba —, não prestou nenhuma atenção aos presentes destinados ao pai. Contra a própria vontade, sua memória registrou quatro cabeças humanas dentro de recipientes cheios de álcool, imagem tão rápida que ela a rejeitou como sendo demasiadamente fantástica e voltou à Lorde Jim e Priscilla que, preenchendo seus desejos secretos de vida, animalidade e beleza, representavam uma imagem bem diferente disso.

---

*Soldado argelino que, em outra época, servia ao exército francês. NT.

O palácio do governador era uma imensa construção colonial, formado de apenas um apartamento sobre enormes entrepostos que o erguiam a uma altura de três andares. De um lado, o presídio ou, pelo menos, aquilo que em Caiena chamavam de depósito, com suas oficinas, sua enfermaria e seus estabelecimentos administrativos, e do outro, o oceano. Tinha algo de quartel abandonado ou de sanatório esvaziado pela morte. Com seu avarandado de madeira circundando os cômodos, ele evocava do exterior um navio espargindo água com seu casco, seu convés, seus passadiços, e do interior, uma catedral com seus nichos e capelas. Para favorecer a circulação do ar, não havia nem portas nem janelas, mas passagens, aberturas, vazios cavados dentro das paredes brancas; passava-se assim de um cômodo ao outro, atravessando paredes que se abriam num corredor cingindo toda a construção.

A administração havia instalado uma mesa de 24 lugares e 24 cadeiras feitas de uma madeira escura e maciça, num espaço que devia servir como sala de jantar, e 30 poltronas pesadas e quadradas naquilo que só podia ser o salão. Quanto ao resto, bem no meio de cômodos colossais, havia apenas uma cama de ferro e seu mosquiteiro que não podiam deixar de lembrar um hospital para contagiosos. Dentro dos seus quartos, o governador e a mulher tinham sido agraciados com uma mesa e uma cadeira que ele batizou de escrivaninha, ela de penteadeira, sobre a qual dispuseram, como se faz ao tomar posse de algo, aqui uma régua de ferro, um cortador de papel feito de vidro, ali uma caixa de pó-de-arroz, um pente de marfim e uma caixinha contendo comprimidos de ópio. Tudo o que desejavam era apagar seus lampiões.

— Eu quero dormir com Lorde Jim e a pequena Priscilla,

disse Chrétienne procurando com o tato a cama sob o mosquiteiro.

O ordenança trouxe-lhe a gaiola que ela colocou ao pé da cama, depois, reconsiderando, no lado direito, do lado que ela costumava dormir.

— Onde puseram as cabeças? — perguntou ela, lembrando-se repentinamente.

— Que cabeças? — interrogou a Madre de Deus que se encaminhara para a sua cama no cômodo vizinho.

— As cabeças do papai.

— Não existem cabeças — disse a mãe.

Mas, fechando os olhos, a filha do governador via perfeitamente quatro cabeças com os olhos semicerrados sobre os globos brancos, os lábios retraídos em cima de grandes dentes escuros, um ar de intenso sofrimento, e óculos de aço.

— Não há cabeças? Eram cabeças!

Durante a noite, Lorde Jim coaxou tão forte que parecia que estavam sobre o rio Amazonas.

6

Em meio a um sonho delicioso, Chrétienne apoiou-se num dos cotovelos para procurar seus sapos através do mosquiteiro, espetáculo comovente que a devolveria aos limbos cheios de riqueza dos quais de vez em quando ela saía, o olho parcialmente fechado para se convencer de que, à imagem de Lorde Jim e Priscilla ternamente enlaçados, tudo era mesmo felicidade, paz e harmonia nesse mundo — pior para o chinês. Ela avaliava a gratidão que devia aos seus pais que, contra todos os conselhos e opiniões negativas, tinham decidido trazê-la com eles. Mas, não podendo vê-los, ela levantou-se bruscamente e arrancou o mosquiteiro. Era preciso aceitar a evidência: Lorde Jim e Priscilla não estavam mais lá.

Ela sentiu imediatamente o tamanho do drama e foi tomada por uma angústia cuja intensidade só podia ser comparado à de uma mãe diante de um berço vazio. Ela se desfez em lágrimas, desanimada com a idéia de ter que reconstruir o estado de êxtase em que se encontrava desde quando lhe haviam oferecido o casal de sapos. Devolvida repentinamente à realidade de um quarto imenso e vazio de uma casa desconhecida numa terra hostil, onde nada tinha a ver com nada. Toda encolhida sobre a cama, seu único ponto de referência, ela os chamava baixinho para não acordar a mãe. Sabendo não possuir nenhum aliado no mundo, sozinha e desamparada, o rosto esmagado contra o travesseiro para conter as lágrimas, sufocar o choro:

— Minha pequena Priscilla!

Em pé desde a alvorada, seus pais também não estavam nos seus melhores dias. Afastada a primeira fadiga, eles tinham, cada um por seu lado, se agitado a noite toda. Não haviam abandonado TUDO para encontrar TUDO de novo, com o concurso de elegância automobilística e o torneio de tênis ainda POR CIMA. Chrétienne foi ter com eles no instante em que, abatidos pela realidade de um inferno tão racional, cada um media com sua própria decepção o que o outro devia experimentar e se consolava como podia preparando-se para resistir a tudo.

Via-se no rosto do governador que a dor não havia partido com a cura mas, enterrada nos desvãos do corpo, na profundeza da alma, ela repuxava as cicatrizes avermelhadas. A dor corria à flor da pele, movia-se em surdina na carne que ela fazia tremer, e descompunha o rosto mutilado em tantos pedaços quantos se havia remendado, ameaçando separá-los um dos outros como continentes.

Ele observava o mar e não reconhecia nada. Lembrava-se: a ilha do Diabo, a ilha do Tesouro, a ilha da Serpente... Em pé, às suas costas, a mão em seu ombro, guiando-o ainda, Madre de Deus o corrigia calmamente. Ela lhe mostrava: a ilha do Pai, a ilha da Mãe, a ilha da Criança perdida. Ela repetia para ele o nome dos presídios: Santa Maria, São Lourenço, São Luís, Santo Augustinho, São Felipe, São Maurício.

— A ilha dos leprosos — disse-lhe ele para retribuir a gentileza.

Ele a beijou na testa.

A sorte deles dependia de um espaço que diminuía sem parar. Sem mais continentes, sem mais oceano, ilhas de prece, ilhas da salvação, ilhas de silêncio, cada vez menores, cada vez mais inacessíveis, rochedos apartados do mundo.

— Me roubaram Lorde Jim e Priscilla — declarou Chrétienne, tomando seu lugar à mesa para o café da manhã.

— Não te ROUBARAM — retorquiu a mãe. Eles PARTIRAM. São animais que não gostam de viver em cativeiro. Precisam da floresta, do rio...

— Eles não podiam PARTIR com a gaiola — declarou friamente a menina.

— Talvez a tenham aberto com os dentes...

— Eles não têm dentes — afirmou a criança.

— Claro que têm — replicou a mãe.

— Eles não têm dentes — insistiu a menina elevando o tom — só uma língua comprida assim — disse mostrando o antebraço.

— Será que somos obrigados a falar sobre língua de sapos à mesa? — interrompeu o governador olhando para sua filha com um ar de nojo.

— De qualquer maneira — continuou a menina — mesmo que tivessem aberto a gaiola, não vejo por que a levariam com eles.

— Pronto, agora ELA está argumentando! — exclamou o governador.

— O que você está insinuando? — interrogou a Madre de Deus, virando-se para ela e lançando-lhe dentro dos olhos o seu olhar límpido que inspirava tanta confiança. — Você acha que eu, com o horror que sinto por esses animais, os teria soltado? Ou então o seu pai... — e aí ela fingiu achar graça.

— Vocês, não — respondeu Cristiana — mas ele.

O indicador apontado, designando o ordenança que permanecia atrás da cadeira do governador, pronto a encher-lhe a xícara.

— Nem ele, nem ninguém — afirmou a Madre de Deus. — Você ACREDITA em mim?

— Acredito — respondeu a menina contra a vontade, acrescentando imediatamente para apanhá-los na armadilha de sua boa-fé. — Vocês me darão outros...

— Ah não! — cortou o governador, mostrando que o rapto dos sapos havia sido um ato deliberado — CHEGA de sapo.

E dirigindo-se à mulher:

— Será possível que ELA escolha sempre o pior, que ELA só se interesse pelos monstros, que ELA não faça distinção nenhuma entre o belo e o feio, que ELA nunca se interesse pelas flores, pelos pássaros. Na sua idade, minhas irmãs brincavam de boneca.

A última bola de neve de um mundo extinto rolou pela toalha da mesa e as silindras atrás do viveiro floresceram para saldar sua última primavera...

— Minha boneca era a Priscilla — declarou Chrétienne, ciente de já ter monopolizado demais as atenções.

— Faça com que ELA se cale — exigiu o governador irritado. — É preciso controlá-la, é preciso AJUSTÁ-LA.
— Chrétienne, eu lhe peço, não se exalte!
Agora que ela tinha ultrapassado os limites, era como sempre, não parava mais, insensível às ameaças, cheia de queixas a fazer, terrivelmente lesada, acumulando seus queixumes:
— Vou ficar sozinha.
...
— Não tenho amigos.
— Sempre este mesmo instinto gregário — gemeu o governador levantando-se da mesa.
— Você deve ler, desenhar — propôs a Madre de Deus, que buscava a conciliação até o fim.
— Os caixotes ainda não chegaram...
Eles interromperam ali a discussão, falando entre si como se ela não existisse, planejando os diversos detalhes do dia. E, como desciam a escada, ela precipitou-se pela varanda e os desafiou diante de todo o presídio:
— Eu vou procurar os meus sapos, e vou encontrá-los.
— Isso mesmo — respondeu sua mãe com sua fleuma habitual — isso vai te ocupar.

Ela os procurou primeiro ali dentro e não achou senão o ordenança que dobrava em silêncio as roupas passadas, tirava a poeira de uma toalha imaculada e limpava navalhas e pincéis ainda não utilizados.
— Onde você os colocou? — perguntou ela, as mãos na cintura.
— Senhorita Chrétienne, já a proibiram de me tratar desse modo — respondeu o ordenança. — Vou ser obrigado a contar ao senhor governador.

— Alemão imundo — respondeu ela no ápice da raiva (ele era da Alsácia e detestava ser tratado de alemão) — pode contar.

Havia um acordo tácito estipulando que nas categorias inferiores das crianças e dos criados, ninguém devia delatar.

— Eu vou preparar um exército de sapos que te esganará com facas enormes, seu porco imundo!

— Degolar, senhorita, não esganar.

— É, mas eu vou te esganar, e será pior ainda.

7

Diante do palácio do governador, os prisioneiros tinham reconstituído o jardim público sombrio e solene que, na França, deseja boas-vindas à porta das estações de trem das subprefeituras. Eles tinham tido um trabalho de cão para desenhar com florzinhas azuis sobre uma grama verde acinzentada: PRESÍDIO DE CAIENA. Crescendo, a vegetação havia feito submergir a inscrição, apagando uma letra, aumentando outra. Não se tinha mais nenhuma certeza se o nome original de *Cayènne* tinha contido os dois "n", que talvez fossem, como o rabo do "y", num transbordamento da natureza, apenas uma expansão ortográfica. De cada lado das aléias demarcadas por barbantes, pedras embranquecidas pela cal delimitavam a colocação de cestos de cana-da-índia enfeitados de flores amarelas, crivadas de vermelho que davam a impressão de terem sido manchadas de sangue. Chrétienne se exprimiu em voz alta, usando essa linguagem que circula dentro dos pátios do quartel e as palavras cuidadosamente escolhidas dentro das salas de armas:

— Essa joça está cheia de sangue.

Surpresa por encontrar uma nuance sibilante, ela repetiu a frase bem rápido e com ênfase, ou, ao contrário, bem lentamente, destacando as palavras:

— ESSA JOÇA ESTÁ CHEIA DE SANGUE.

Depois, percebendo um grupo de prisioneiros que cortava a grama com espadas de abatedouro sob a vigilância de dois guardas, ela perguntou-lhes se, por acaso, não tinham encontrado os sapos.

De início, surpresos ao ver aquela criança que andava sozinha dentro do presídio, eles não entenderam o que ela dizia, depois foi a hilaridade, como se debandassem de suas fileiras. Ela ficou sabendo que eles, os sapos, estavam por todos os lados, mas que não encontraria nenhum em pleno dia dentro de um jardim tão bem cuidado, somente ao cair da noite, se comprimindo, colados uns aos outros dentro das sombras das valas úmidas.

— Grandes? — perguntou ela.

— Enormes, gigantes, como melões, como melancias, como abóboras, e mesmo jacas.

Eles estendiam os braços para mostrar o volume, colocavam a mão na altura da barriga para designar o tamanho.

Uma jaca, era isso que ela desejava agora, uma jaca como aquela do bote de desembarque. Uma jaca e ponto final. E pior para Lorde Jim e Priscilla. E pior para o chinezinho. Uma jaca que ela manteria prisioneira dentro de um cômodo do palácio, que ela banharia com um cantil e que alimentaria com mingau.

De volta para casa, não sem antes pronunciar novamente diante das canas-da-índia, ESSA JOÇA ESTÁ CHEIA DE SANGUE, ela percebeu sobre o telhado do palácio os grandes urubus sul-americanos que se aqueciam ao sol. Ela ficou pensativa, não sabendo se devia prosseguir ou voltar na direção do grupo de prisioneiros que a observava. Não a tinham prevenido quanto à existência deles, não sabia tampouco se eram inofensivos ou perigosos. Enormes como grandes perus, eram impressionantes. Com seus bicos afiados e suas enormes patas, as cabeças calvas e cheias de crostas, eles ultrapassavam em feiúra tudo o que se podia imaginar.

— Ah — disse ela, avançando na direção deles para espantá-los, obtendo apenas algum movimento das asas — são bonitos os pássaros do papai, são belas as suas flores.

E ela imitava o tom de voz que o governador tinha usado para repreendê-la por não se interessar nem um pouco pelas flores e pelos pássaros. Ele a tinha envergonhado e a vergonha saía de todo o seu corpo no meio do jardim. Tomando por testemunha os prisioneiros que ainda a observavam, ela gingava com os braços abertos, imitando a falta de jeito dos abutres que se empurravam para achar um lugar na cornija. Ela gritava para eles com o tom furibundo que usava com o ordenança: vocês são bonitos, queridinhos do papai!

Chrétienne começou a fuçar dentro dos depósitos procurando encontrar Lorde Jim e Priscilla desolados e agradecidos ou, na falta deles, uma majestosa jaca. Perto de uma porta parcialmente obstruída, achou uma brecha suficientemente larga para que pudesse passar, desde que se fizesse tão lisa quanto um linguado, expressão favorita do seu pai que lhe tinha revelado sua conotação injuriosa. Ela tomou coragem, LISA COMO UM LINGUADO, para primeiro colocar os pés, depois se deixar deslizar agarrando-se à parede granulosa, de tal modo que seu vestido subiu até os olhos.

Ela encontrou uma sala gigantesca cheia de quinquilharias, objetos reformados, camas enferrujadas, armários de ferro retorcidos, arquivos vazios, poltronas desmontadas, caixotes de todos os tipos que lá apodreciam aguardando que o ventre da casa os digerisse. Em seguida, ela as reconheceu, postas sobre uma mesa, com tanta nitidez quanto antes, quando estava de olhos fechados.

As quatro cabeças estavam dentro dos recipientes, uma ao lado da outra, como as serpentes dentro do formol exibidas na vitrine de uma farmácia para que se pudesse ver com detalhes todas as etapas de sua lívida e lenta dissolução. Virados na direção da menina, seus olhos vazios, suas bocas abertas no instante de um grito. Etiquetas coladas sobre cada vaso diziam que elas representavam as quatro raças humanas: a amarela, com olhos puxados, a negra, semelhante a uma bala de canhão, a vermelha, como um pote de argila e, a mais horrenda, a branca, com o crânio calvo e a barba negra que continuara a crescer.

Seus membros não reagiam. Uma onda glacial a paralisava, congelando-a no chão a um metro das cabeças, forçando-a a um terrível cara-a-cara. E depois, quando um pouco de sangue voltou a circular nas suas veias e que, recuando, ela conseguiu a alcançar a fissura pela qual havia penetrado, deu-se conta de que não podia mais sair. Foi um pânico atroz, uma sucessão de movimentos desordenados que, precipitando-a na direção da passagem, a impediam de se reerguer. Ela arranhou a barriga, esfolou o joelho e perdeu um sapato que caiu atrás de um monte de cadeiras. E as cabeças ainda a observando.

Os móveis eram pesados demais para que pudesse empurrá-los até a abertura. Se tivesse a força necessária, obrigada a encarar as cabeças, ela as domaria com o olhar, as hipnotizaria para lhes impor que permanecessem imóveis. Então começou a gemer, mas em surdina, com medo de despertar as cabeças do seu sono aparente. Agora que elas não se mexiam, um grito agudo lhe rasgou a garganta. Depois outro, e outro até que a voz se extinguiu.

Foi aí que percebeu a porta que se achava nos fundos do depósito, bem atrás das cabeças. Para fugir, seria preciso que as contornasse e, para isso, que se aproximasse a ponto de quase encostar nelas, tão exíguo era o espaço entre a mesa em que se encontravam e os móveis amontoados. Sentia-se perturbada pela pequena abertura por onde ela teria que passar. E, milagre, ela conseguiu fechar os olhos e avançar. Com o ombro, derrubou o recipiente mais próximo. Ouviu o choque do vidro se estilhaçando. Correndo em direção à porta, ela se persuadia de que a cabeça solta assumia, como a carne sob a mesa na véspera, uma aterradora autonomia, e rolava pelo chão, pronta a morder, a devorar, a engolir pelo corte do pescoço, torturada por uma fome sem estômago, por uma fome insaciável. Do lado de fora, ela ficou um instante com as costas coladas à porta. Nada se mexia, então relaxou e a dor invadiu sua cabeça.

— É um acesso de calor — decidiu a Madre de Deus. — Um machucadinho de nada — acrescentou ela para reanimá-la e, como a criança se queixava, ela lhe disse severamente:

— Pare, criança nunca tem dor de cabeça.

E Chrétienne, que tinha mil razões para não mais acreditar nela, julgou pelo latejar do sangue na sua cabeça que ela ainda mentia.

8

Começava a desembalagem dos caixotes. A Madre de Deus via sua louça em pedaços sem mostrar o menor mau humor. Aquela catástrofe doméstica, ao contrário, parecia alegrá-la. Diante de um copo partido ou uma travessa de salada em cacos, dizia:

— Um a menos!

E tomando sua filha como testemunha:

— Será sempre uma coisa a menos para carregar.

Ela estava persuadida de que, em sua viagem humana, o homem deve, não apenas não acumular, mas se despojar. Até o dia em que, despojado por suas renúncias sucessivas, sua alma, libertando-se da última materialidade, o envólucro carnal, subirá ao céu através de um processo tão simples quanto o que permite a separação entre os corpos sólidos e os corpos gasosos.

E, antes de tudo, dividir o que se tem. Empregar um número considerável de presidiários para salvá-los da miséria do exílio, dar-lhes enfim uma chance. No escritório de empregos, ela interrompera o Corso, que lhe prometia o que havia de melhor.

— Dê-me aqueles que ninguém quis.

O Corso fez um gesto largo como o mundo.

— Os piores — acrescentou ela.

O Corso abandonou a empáfia, seria como a Dona Patroa quisesse, ele dispunha de alguns com prisão perpétua e longos processos nas costas, a guilhotina à beira do pescoço e que esperavam pelo fundo da vala.

Ela não recrutava, ela adotava. Os miseráveis formavam em torno dela uma imensa família. Há bastante espaço, não? — dizia ela apontando para o enorme palácio vazio como se fosse destinado a se encher de presidiários. E apontando para um gigante que atacava furiosamente um caixote, retorcendo os parafusos:

— Eis aí São João, ele comandará a equipe.

A palavra criado lhe teria queimado a boca. E, dirigindo-se a São João, a quem a palavra equipe poderia ferir, embora tivesse sido cuidadosamente escolhida pela sua conotação igualitária e dinâmica: minha BELA EQUIPE.

Mas notando que sua filha, a quem era preciso frear o entusiasmo por essas coisas tão banais da vida com as quais ela sempre fazia uma festa, sua filha, que deveria ter manifestado alegria ao anúncio do recrutamento de São João, ficava ali com o dedo na boca, a cabeça inclinada sobre o ombro, toda mole e largada no seu canto, ela se obstinou em atribuições a REANIMÁ-LA informando-a das disposições que lhe diziam respeito. O serviço de licor estava irrecuperável. Saudemos a eficácia dos responsáveis pela mudança.

— A partir de hoje, não cuidarei mais de você.

E, apresentando um presidiário que fuçava mais freneticamente que os demais as louças partidas:

— É Planchon que vai cuidar de você.

Ocupado demais em remexer entre a palha e o vidro quebrado, ele sequer levantou a cabeça.

Assim, estava decidido, ela ficaria um pouco mais sozinha. Desprendidas as amarras dos últimos gestos que a uniam a sua mãe. Desde que os carinhos e os beijos haviam desaparecido através desse mesmo processo de cerimônias de abandono — você perdeu o primeiro dentinho, e, bem, de agora em diante não vou mais te cobrir; é Natal, então, acabaram-se os beijinhos de bebê; na Páscoa você aprenderá a arrumar sua cama... — só haviam sobrado os cuidados com o corpo, perpetrados de modo mais clínico do que sensual, com uma fricção de álcool à guisa de água-de-colônia. Havia sobrado ainda, e contra a sua vontade, a escovação, desembaraçar e fazer as tranças dos cabelos cujo fino entrelaçamento era impregnado de afeição.

Ela colocava a cabeça da menina de encontro ao seu corpo, o rosto virado para o seu ventre e lhe penteava os cabelos. Era um longo momento de odor e calor, de sonho e de sono do qual Chrétienne saía com os olhos entumescidos. Ela traçava uma linha bem reta, recomeçando várias vezes, depois trançava com tanto vigor que o couro cabeludo parecia descolar. A menina gostava da sensação que lhe proporcionava as duras tranças que a Madre de Deus dobrava no alto de sua cabeça, dando-lhe a impressão de possuir pequenos chifres.

Cada manhã, pelo fato de a pentear, sua mãe a acariciava e depois a preparava para o novo dia.
— Minhas tranças — protestou ela.
— Você vai dar um jeito — respondeu a Madre de Deus como ela já esperava.
— Eu não vou conseguir — disse Cristiana.
— Quer apostar? — replicou sua mãe num tom jovial.
Em matéria de educação, achava que não se devia mimar demais as crianças e, no papel azul de cartas que levava suas iniciais, escreveria para a família dando a boa notícia: "Nós a educamos como uma verdadeira menina guianense... por sinal, sua pele já escurece como a de — e, não querendo escrever a palavra negra que tal encadeamento forçosamente pedia, ela corrigiu — uma ÍNDIA." Ela contava também outra escolha difícil, nada de professor particular, muito esnobe, mas um GUIA, que acompanharia Chrétienne, "deixando-a descobrir livremente a bela natureza e nisso a ajudando com seu saber e suas competências. Um antigo seminarista..."
E, lembrando a Planchon sua função:
— Não é, Planchon?
O homem aquiesceu, embora sua alma, seu coração, seus desejos, sua ambição estivessem concentrados na baixela de prata do serviço de licor, se perguntando se ela a colocaria no lixo junto com os cacos de cristal ou se, ao contrário, a Madre de Deus, mais ciente do valor do objeto do que deixava transparecer, a guardaria para algum uso decorativo. Ao ver a Madre de Deus jogar o precioso objeto no refugo, ele deixou explodir seu entusiasmo:
— Nós dois vamos nos entender muito bem e depois fazendo eco ao que a Madre de Deus tinha dito antes vamos formar uma ótima equipe.
No mesmo instante ele desapareceu com a licoreira.

Que o seu destino estivesse ligado ao de um indivíduo daqueles não inquietava Chrétienne, longe disso. Do mesmo modo que seus pais, mas por outras razões, ela esperava muito da coabitação com os presidiários. Ela gostava dos adultos, como uma espécie de grandes animais que julgava perigosos porém desejáveis. Sua condição de criança lhe proibia possuir um espécime de outra forma que não fosse por uma relação de amor complicada que, retirando do adulto suas defesas, deixavam-no inofensivo diante dela. O amor que lhe consagravam não tinha até então desarmado ninguém, nem seu pai que a aterrorizava, nem sua mãe que deixava entender que nada a enganava, muito menos aquela chantagem afetiva tão contrária à educação das crianças. Ao ver que lhe era designado um presidiário, um adulto do sexo masculino e de idade avançada — uma mulher, uma moça ou um adolescente não teriam satisfeito a mesma expectativa — realizava-se um desejo quase impossível de ser formulado. Possuir um escravo, pois ele seria dela À FORÇA, realizar com um adulto aquela relação de dominação absoluta que ela tinha com os animais, COMANDAR enfim, isso a encantava. Ela avaliou o tipo com o olhar, embora lamentando que ele tivesse um aspecto assim tão banal, como se aquilo o tornasse menos selvagem. Ela se perguntava como iria marcá-lo.

Havia alguns livros dentro de um caixote e, entre eles, um álbum de contos ilustrado com grandes aquarelas que ela conhecia de cor, a ponto de simular, virando as páginas, uma leitura contínua.

— Leia isso para mim — ordenou ela a Planchon.

Ele segurava o livro de cabeça para baixo entre suas mãos espessas e tinha dificuldades para virar as páginas. A dois passos da Madre de Deus que jogava um monte de coisas fora, ela compreendeu que ele não sabia ler. A dois passos da Madre de Deus, o antigo "seminarista" compreendeu que a garotinha o tinha ludibriado.

— Nós leremos mais tarde — declarou Chrétienne.

Ela o tinha nas mãos.

9

A bela equipe compunha-se primeiramente de quatro homens, sob a vigilância constante de São João, três indivíduos patibulares e uma mulher desprezível apelidada Santa-do-pau-oco, mas logo chegaria a contar 12, a nata dos relegados, dos perpetuamente condenados à eternidade: os MIMADOS, como se dizia na região, criminosos, é certo, mas PASSIONAIS, o que desculpava tudo, a maioria rotulados com a CULPA É DA SOCIE-DADE que tinham sido duramente punidos por não estarem na ALTA ESFERA, por terem encontrado o infortúnio na estrada da INFELICIDADE, por possuírem o AZAR no seu signo de MERDA.

Nunca a Madre de Deus tinha escutado pronunciarem tanto a palavra inocência como no momento em que ela os empregou, como se ao penetrar no presídio, ela tivesse caído em cima do último rincão de inocência no mundo. Ela acreditava nele como dois e dois são quatro e como a existência de Deus se divide em três entidades... Para convencê-la, eles lhe confidenciavam seus dolorosos segredos, não seus crimes — isso não, como ela mesma dizia, já tinham pago por isso, e muito —, mas a inquietação de suas almas errantes.

Curiosamente, não havia um presidiário que ela encontrasse que não tivesse tido algo a ver com a Igreja ou com Deus. Eles tinham freqüentado um grande ou pequeno seminário, tinham sido missionários na África ou vigários de pequenas paróquias normandas. Como prova, exibiam suas tatuagens. Lia-se com todas as letras: Injustamente Condenado Como Nosso Senhor Jesus Cristo, com maiúsculas, por favor. Cruzes gigantes atravessavam-lhes o peito, às vezes abertas com lâmina e nas quais a Madre de Deus era obrigada a unir um lado e outro antes de passar mercurocromo. Aqueles belos crucifixos de carne!

Ela não via nenhum mal nisso, mas ao contrário, uma simples vontade divina, que explicava o fato de ela estar lá. E, no momento em que São João lhe disse com brutalidade — prova de uma natureza absolutamente honesta —, que ele compreenderia se ela se recusasse a coabitar com um padre desertor, crime mais pesado a se carregar do que os outros porque para ele não havia redenção, ela respondeu que ele ainda era padre. E, enquanto media com os olhos o tamanho do salão para ver como poderia ali encaixar uma capela — pensava numa missa diária celebrada por São João — ela lhe perguntou se devia chamá-lo de padre.

— São João será o bastante — respondeu ele.

Iniciava-se então a ascendência que ele passava a ter sobre todos os habitantes da casa, e a bela equipe funcionou como um único homem, com uma austeridade de convento, um rigor de penitenciária, uma disciplina de tropa de elite. Ela mantinha um sistema do qual nada nem ninguém podia escapar.

Toda contente, Chrétienne arrastou Planchon para o parque. Primeiro ela correu em direção ao canteiro, pulou de letra em letra esmagando de passagem um dos *n* de Cayenne. Depois se lançou até uma mangabeira e se pendurou num galho baixo que logo se partiu. Finalmente, arrancou um bom punhado de flores de cana-da-índia que amassou com as mãos. Ele a observava impávido. Ela teve um momento de hesitação, como uma leve vertigem, e se perguntou se era o mesmo homem que, alguns minutos antes, virava ao contrário as páginas do seu livro. Na reverberação violenta do meio-dia, as mãos pegajosas, a respiração curta, ela baixou os olhos.

A vitória não era tão evidente como tinha acreditado, o sucesso não seria assim tão fácil. O seu adulto não estava ainda aos seus pés. Ele talvez lhe fizesse favores como o ordenança fazia ao seu pai, mas ele não pertencia a ela. Havia mesmo algo entre eles que ela não aprendia muito bem, algo de lúgubre e definitivo, a sensação angustiante de que a situação tinha-se revertido. Tinham-na colocado sob vigilância com um guarda ao seu lado. Acabara de perder definitivamente a liberdade.

Quando, após perder pequeno recreio em que o céu lhe desabou sobre a cabeça, ele a fez voltar para o palácio, a Madre de Deus lhes perguntou:

— Então, vocês puderam se conhecer melhor?

Aproveitando o impulso, ele pediu com veemência que a colocassem a partir do dia seguinte no instituto Santa Maria, que reunia as filhas da burguesia guianense. Como a Madre de Deus hesitava — não era este o seu projeto —, ele a convenceu e se comprometeu, inclusive, a encontrar-lhe um uniforme na parte da tarde.

O uniforme, justamente, a Madre de Deus queria falar sobre isso. Estava fora de questão que eles viessem trabalhar na casa dela nos seus trajes de servidão, mesmo recobertos de uma veste branca, deveriam usar as vestimentas que eles preferissem...

— Um traje militar? — propôs São João. E, julgando ter ido longe demais: — Tipo suboficial?

— Por que SUB? — perguntou a Madre de Deus.

Aí então suas pretensões não tiveram mais limites. Eles não tinham pudor. Prendiam galões sobre toda a manga e em volta da gola para erguer o queixo. Brincavam de armistício dentro do palácio do governador. Todo dia, generais, marechais e almirantes cruzavam-se em idas e vindas dignas da diplomacia militar. À noite, agitavam-se em volta do governador que decidira vestir-se apenas de branco, num disfarce cuja simplicidade, apagando todos os sinais de poder, evocava o presídio, as Índias e o sacerdócio. O mundo estava invertido e era neste sentido que ele queria vê-lo girar.

Chrétienne teve o seu vestido preparado na intendência do presídio. Dentro de uma barraca, uma dezena de presidiários recortavam um espesso pano cinza que exalava um cheiro forte de roupas de marinheiro. Com uma fita, mediram-na da cabeça aos pés. O mestre alfaiate tomou a medida de seu pescoço e a mostrou a todo mundo. Espantou-se que um pescoço tão pequeno pudesse sustentar uma cabeça de tamanho normal, coisa que ela mesma tinha freqüentemente se interrogado diante da medida delgada de certas formigas dando a impressão de que o animalejo é composto de duas partes autônomas que se seguem como um cabriolé.

A atenção voltada para o seu pescoço dentro do sombrio entreposto penitenciário não possuía o mesmo tom leve dos armarinhos onde lhe escolhiam as golas rendadas. "Procure na seção para bebê. Babadores e aventais. Primeira idade." Aqui, o pescoço era a linha da vida, e ela compreendia muito bem que a sua sustentava-se apenas nesse fio. Tinha de aprender a afundar a cabeça nos ombros, a se curvar, se fazer passar por escaravelho grande e corcunda, em vez de formiga oblonga e fina. Por pudor, ela pôs a mão na frente.

Foi então que perceberam suas orelhas: eram, como o pescoço, extremamente pequenas e tão perfeitamente coladas ao crânio que, de início, não eram notadas e depois, tendo sido descobertas, só se viam elas. Era mesmo a única parte elogiada da sua pessoa. A Madre de Deus relatou que um joalheiro tinha dito que ele jamais tocaria em orelhas assim, nem sequer para ornamentá-las com diamantes.

Eles ficaram loucos por aquelas orelhas. Ela percebia muito bem que não era como o pescoço, que suscitava inquietação ou piedade. A admiração a queimava, sentia que as orelhas enrubesciam como duas labaredas que poderiam devorar seu rosto pálido. O mestre alfaiate tirou do bolso um pequeno embrulho cujo papel, grosso e gorduroso, tinha sido dobrado em quatro. Examinaram seu conteúdo com a mesma ardente paixão. Tratava-se de duas pepitas de ouro formando dois magmas mais ou menos semelhantes, bastante opacas, mas de certo peso. De início, ela não viu a relação entre as duas pepitas e suas duas orelhas. E depois, naturalmente, ela entendeu e deixou de proteger o pescoço para tapar com as mãos as orelhas com o gesto que fazem as pessoas quando vão berrar.

Se aquilo era se vestir, ela estava vestida. É a vantagem do FEITO À MÃO e de ajudantes em abundância. Todos se puseram ao trabalho, cortando e costurando em todos os sentidos. Tinham amaciado o pano como uma pele de animal, reforçando-o nos lugares já gastos. Eles tinham escolhido a parte mais branca de um saco de farinha dos grandes moinhos do Norte que abasteciam o presídio.

A marca, dissimulada no avesso do tecido, tatuava sua saia branca. Ela se esforçava em esfregá-la para atenuar a intensidade. Isso se tornaria doravante um tique pois, cada vez que ela usava o uniforme, dobrava a bainha e, com um gesto de lavadeira, esfregava com movimentos rápidos e ríspidos.

— E então, você vem, saco de carne? — disse Planchon — vendo que ela se arrastava, os olhos sobre a saia.

— Saco de farinha está bem, mas saco de carne, não.

Por orgulho, ela se revoltava.

Ele lhe ensinou que saco de carne é uma mortalha. Aquilo lhe fechou o bico.

10

— Estou vendo — disse o governador, saudando a chegada da filha: — ELA adotou o modelo Caiena, moda ilha da Salvação!

Com o indicador, ele apoiava o lábio na base da cicatriz, temendo que ela se abrisse de um lado ao outro do rosto com a tensão do sorriso. Para o governador, a alegria era dilacerante.

A criança trazia um saco preso às costas, mas a Madre de Deus não achou nada para dizer, ao contrário, era para ela uma feliz surpresa. Ela era sensível a esse desdém que se deve ter para com a aparência, achava também mais nobre que entrassem no presídio usando suas roupas habituais. Sem histórias. Não era bem assim, visto que Chrétienne se debatia dentro do vestido.

— Mas enfim! Isso não é uma camisa-de-força! Apenas um tecido novo que acabará se acomodando, as alças um pouco apertadas...

As alças lhe incomodavam debaixo dos braços, deixando-a, lá onde ela era tão suave, em carne viva. Foi por debaixo dos braços que os miasmas do presídio penetraram em Chrétienne. Ali, duas meias-luas vermelhas inflamaram e cicatrizaram; se abriram e se fecharam; rebentaram e racharam. E, quando ela chorava, sua mãe, passando tintura de iodo, lhe dizia para consolá-la que, na cruz, NSJC tinha os braços deslocados nos mesmos lugares que faziam com que ela agora sofresse. E, como ela gritava, pois a tintura de iodo a queimava até os ossos, a Madre de Deus a encorajava a ver estigmas nas suas chagas.

Ninguém teve a idéia de fazer a bainha do seu vestido. Muito menos a Madre de Deus que estava obcecada pela purulência e encontrava na ferida que não secava uma satisfação secreta. Gostava menos de curar do que de tratar. Ela era como as mulheres que aplicam os curativos em Lourdes, que mantêm as chagas em bom estado para dar uma chance ao milagre. É quando o sofrimento é mais forte que o doente deve conhecer a beatitude, é de sua cadeira de rodas que ele deve se levantar, é sob os curativos fétidos que suas chagas fechadas testemunham o poder glorioso do Céu. Quando transportava os feridos nas macas, ela era daquelas que não lavavam os doentes — contrariamente àqueles que os preparavam como para uma festa — para o encontro divino. Ela os queria em pus e em sânie, as outras colocavam essências florais.

Aos 15 anos, ela tinha lido a vida de *Santa Chrétienne* que, no século XIII, consagrara sua existência aos leprosos de La

Chaise-Dieu.* Com o passar do tempo, a santa descobria em seu corpo vestígios da lepra, como as marcas do amor divino. Quando seu rosto já parecia uma cabeça de leão e seus lábios começaram a cair, ela sentiu que Deus tinha lhe dado um ardente beijo de amor e esperou que todo seu corpo se consumasse na volúpia daquele arrebatamento total. E, ao se acabar sobre a pira, ela conheceu o êxtase. A Madre de Deus quis, como Santa Chrétienne, cuidar dos leprosos. Ao anunciar aos pais a sua vocação, ela achou um atalho impressionante:

— Eu quero ser leprosa.

Eles não se espantaram muito, pois já tinham um filho padre que fazia carreira em Roma, e um outro, eremita, que os deixava preocupados. Num dos extremos da propriedade deles, que era bem grande, ele tinha cavado um buraco, no fundo do qual vivia em pé. Eles colocavam pedaços de pão perto dele. Ao seu confessor, a pobre mãe confidenciava que, vendo de longe a cabeça do filho aparecendo dentro do buraco, ao rés do chão como uma bola de croqué esquecida durante vários verões e já perdendo a cor, ela duvidava de Deus, dos caminhos da santidade.

— Preferia vê-lo sobre uma coluna como os estilitas?

— Acho que sim, padre, existe mais elevação na coluna do que no fundo de um buraco.

Nesse tom e nesse contexto, a futura leprosa não impressionava ninguém. Ela foi aconselhada a fazer primeiro o curso de enfermagem, depois a animaram bastante para servir em Lourdes: a Imaculada Conceição estava na moda. Quando a moça se impacientava junto aos doentes crônicos que em nada inspiravam o Céu, a guerra estourou. Ela teve que

---

*La Chaise-Dieu, igreja abacial ao sul de Livradois, França. NT.

adiar ainda o seu destino, e de ajudante com a maca passar a auxiliar na ambulância. Já se sabe como se casou. Teve até uma criança, o que é, habitualmente, um sinal das paixões dominadas e da aceitação ao destino. Trinta anos mais tarde, sua alma ainda retumbava ante aquele chamado tão particular: ficar leprosa.

Caiena parecia ao novo casal o lugar certo para pôr em execução sua dupla atração pelo nada e pela infelicidade, a reparação e o castigo. De sua parte, o governador teria ficado tentado pelos desertos glaciais, a neve a perder de vista, o céu que se derrete e, se estivesse sozinho, teria partido para as ilhas Kerguelen, desolação das desolações. Ela lhe chamou a atenção para o fato de que o clima era contrário aos micróbios, que o frio absorvia as infecções. Ambientes quentes e úmidos, peles nuas, alimentos que enfraquecem, um lastro de desespero úmido, uma angústia difusa permitiam à lepra local se enraizar e depois se propagar.

Debruçada na varanda, a Madre de Deus procurava com os olhos sobre as construções do presídio, outrora branquejadas com cal, o musgo pardo que se infiltrava pelas reentrâncias, descolava o tijolo reduzido a uma lama vermelha. Ela observava aquela viscosidade negra, espessa, aquele muco pegajoso que escorria pelos muros. Observava o presídio que apodrecia. Sabia que a lepra estava lá e respirava forte o ar úmido que a fazia tossir, retendo no fundo dos seus pulmões a pestilência quente como uma semente com a qual queria infestar o seu corpo.

E, como ela desejava partilhar sua alegre certeza diante daquele pressentimento terrível e só encontrou atrás de si a filha em lágrimas, as axilas entupidas com dois chumaços de algodão, tomou aquele ar jovial com que entretinha os seus. Tentando pegar Chrétienne pela vaidade, ele lhe propôs completar os trajes com sapatos de presidiário, cuja sola era feita de borracha de pneu. A menina encontrou no fundo de si mesma um pouco de contentamento com a idéia de deixar rastos sobre a areia, como os carros, mas um bocado de desconfiança também. O saco de farinha não a tinha satisfeito tanto quanto tinha pensado, ele era até mesmo a causa de seus inexoráveis sofrimentos. Ela pôs dedo na boca.

A Madre de Deus elogiou os vestidos de organdi que aos domingos as pequenas guianesas vestiam, leves e alegres como balões. Estava pegando Chrétienne pelos sentimentos. Não havia nada que ela adorasse mais no mundo — adorar só a Deus! — do que os balões de ar. O último que ela tivera havia sido comprado no momento da partida. Era enorme, bem inflado, violeta, de uma tonicidade, de um dinamismo que parecia vivo. Afrouxou e enrugou no decorrer da viagem até não passar de um melão murcho e amarrotado que ela apertava contra a boca como um seio esgotado. Ser transformada em balão por intermédio de um vestido esvoaçante estufado com anáguas era, por outros meios, reencontrar o céu.

— Amarelo — decidiu ela. — Amarelo ou verde...

Porque a sua mãe estava com um humor excepcional e extraordinariamente alegre, Chrétienne foi para a missa de domingo na catedral amarela, amarela como um balão em pleno céu; amarela como uma flor de girassol; amarela como o sol. Durante toda a cerimônia, no meio de todas as garotinhas de rosa, azul, roxo e verde, ela era o círculo brilhante de uma auréola santa, era como o amor do mundo irradiando do coração sagrado de Jesus, era a hóstia dentro do seu ostensório de ouro.

— Então — disse o governador risonho, retendo a cicatriz no alto e embaixo —, ELA segue a moda de Plougastel-Daoulas?*

O vestido caiu como um balão furado.

---

*Plougastel-Daoulas, cidade da Bretanha, situada numa península da baía de Brest, França. NT.

11

Nos pátios de recreio, como nos pátios de prisão e de quartel, não há muito assunto para conversas. Pode ser sobre sexo, alimentação, ou morte, e em proporções variáveis e freqüentemente inesperadas pois, às vezes, ocupam-se mais do sexo na escola do que no quartel. Ali, se misturava tudo, porém, na sociedade entre Chrétienne e Planchon, SACO DE CARNE, a morte dominava. Ela estava no fundo de tudo que a menina queria saber e de tudo o que sabia o homem. A morte fez com que passassem bons momentos.

Mas, quanto ao resto, Chrétienne não era ainda muito sexuada e a representação que ela fazia do seu corpo era próxima à das bonecas de recortar no papelão que são entregues "nuas", quer dizer, vestidas com uma blusa branca desenhada sobre o corpo que apaga tudo o que existe entre o pescoço e os joelhos. Não se dava conta do que havia por baixo senão na hora de fazer as necessidades, tão longamente contidas a ponto de tornarem-se dolorosas. Não gostava tampouco do que ficava de fora da blusa branca, via ali uma série de instrumentos mais ou menos úteis e invejava os mutilados de guerra que tinham trocado um braço deficiente por um gancho de aço. Quando examinava um caranguejo, ela se perguntava se ele não estaria melhor equipado com sua carapaça, suas pinças, seus olhos móveis, do que ela, com aquela carne macia e aquela pele branquíssima que se feria o tempo todo.

Quanto à curiosidade que ela poderia ter pelo sexo oposto, esta era relativa e proporcional ao interesse que sentia por todo ser vivo e ao seu funcionamento, além do mais, nada que fosse vivo, absolutamente nada, a repugnava. Por sinal, ela bem que teria examinado abaixo da cintura de Planchon e lá teria colocado a mão, com o mesmo interesse impaciente que demonstrara pelo pequeno polvo que havia apalpado dentro de um balde, um volume cinza e enrugado. Era todo mole, mas ela se maravilhara com os tentáculos, bruscamente erguidos, vindo se enrolar e aderindo com força em volta do seu braço. Após uma experiência desse tipo, ela dizia "é suave", "é frio", "isso cola", "isso baba". Como aquela grande lesma vermelha que ela tinha segurado entre dois dedos, ou aquele caracol transparente que ela tinha colado sobre os lábios, pois assemelhava-se à boca delicada e pálida de sua mãe. E, mais do que o sexo de um homem, foi a serpente o que lhe causou a surpresa mais ardente, o espanto mais fundamental, pois enfim, como poderia ela esperar que, dentro da mão, se alongando, ela fosse morna e seca, deslizando sobre pérolas coloridas?

Não, com Planchon falava sobre a morte, e sem rodeios. A morte o inspirava, ele era o seu narrador mais indicado, seu trovador perfeito. Chrétienne não podia ter encontrado nada melhor como especialista em tubarões. Com uma velha carcaça na ponta de uma corda, ele os fazia sair da água. Ele ensinou-lhe a descobrir a ligeira incisão da barbatana dentro da água, o nervosismo da caçada, que os multiplicava numa roda espumante. Ele imitava para ela o ataque com os olhos fechados, de costas, para permitir à mandíbula inferior arpoar a presa. Contou-lhe sobre a imersão do presidiário dentro de um caixão entreaberto para deixar o corpo flutuar no mar, depois que o guarda bateu um sino cujo tilintar atrai os tubarões. Ensinou e ela aprendeu imediatamente: "Os velhos tubarões já estão lá/Eles pressentiram o corpo do homem/Um morde o braço como se fosse uma maçã/O outro o tronco... e trelelei/É para o mais esperto, o mais sagaz/Adeus presidiário, Viva a Lei."

Em resumo é isto, já que o episódio dos tubarões levou várias semanas. Ele lhe escondeu, com suas inúmeras peripécias, os arranjos no palácio e até sua entrada no Santa-Maria. O pai e a mãe desapareceram. De início houve a espera ansiosa pela carcaça que devia ser entregue de manhã cedo por um sujeito que custava a chegar; a busca desta mesma carcaça nos lugares mais mal freqüentados da cidade, os abatedouros, com certeza, mas também o mercado de peixes, pois o projeto chegou tão perto de gorar que eles tinham, em desespero de causa, decidido atrair o tubarão com tubarão! O tubarão morto fede a cadáver com uma intensidade de vala comum revirada. Planchon levou-a ao cemitério, os corpos encrespavam a terra e tinham, numa última reviravolta, feito cair a pedra tumular como uma colcha que desliza ao pé da cama. Mas só sobravam ossos sobre a areia.

Ela não dormia mais. A impaciência que a devorava deixava seu corpo tenso da nuca até os calcanhares, ela não tocava no colchão, os olhos enormes bebendo a noite na espera do dia trazendo a carcaça, que enfim chegou numa madrugada toda rosa, dentro de um balde de lata. Desenfreadamente, Chrétienne correu até ela, avaliando seu peso dentro do balde. Ela quis ver. Ficou estupefata. Era inacreditável, era indizível, mas uma maravilha. Ao crepúsculo, os tubarões pareciam enraivecidos, subiam do fundo do abismo, rodopiavam, expunham-se da cabeça até a barriga, mergulhavam açoitando a onda, ressurgiam com as mandíbulas abertas para alcançar a carcaça e, nesse instante, suspensos no ar, pareciam morder, e o sol ferido, ensangüentava o céu.

Era preciso suportar o horror e o prazer daquele espetáculo terrível. Ela mantinha os olhos abertos entre os dedos para que eles vissem mesmo contra a vontade, mas seu corpo tremia. O medo a fazia tiritar. Ela não conseguia mais dormir. Tudo o que resta são seus olhos com a expressão aterrorizada, seus olhos vazios, dois grandes buracos que lhe furavam o rosto.

Depois dos tubarões, foi a vez da guilhotina. Planchon lhe mostrou a do presídio que descansava desmontada sob umas cobertas. Antes de ser guardião de criança, ele tinha sido responsável pela lubrificação da guilhotina, não carrasco, não, mecânico da morte. Corrediça bem azeitada, lâmina bem afiada, ele executava sua tarefa fatal. Que o compreendam, ele garantia a técnica, o restante não lhe dizia respeito. A técnica é uma morte limpa e garantida em 99%. E, como ela continuava com os olhos arregalados e a boca aberta, porque uma guilhotina, mesmo em pedaços, é impressionante, ele se impacientava:

— Você gostaria que te esmagassem o pescoço, que o cortassem?

Um belo corte, redondo como um O, um círculo impecável que não arruína a pele mais do que o fio de uma lâmina, isso é que era competência. Limpo, seguindo a linha pontilhada.

— E você sabe como se faz um belo corte? De modo que a pele se retraia limpinha como a de um pênis.

Ela se lembrava das cabeças dentro do depósito e se perguntava se Planchon as tinha cortado. Assim livrou-se de um enorme fardo que lhe pesava sobre o coração. Sua angústia foi varrida de uma só vez. A febre que lhe fazia gaguejar baixou, seu corpo relaxou, seus olhos pestanejaram.

Ele conhecia os homens que estavam submerso no formol. O Negro e o Vermelho já eram cabeças antigas, mas o Branco era um bretão. Tinham feito, a viagem juntos, partilhavam alguns objetos, coisas insignificantes que contam. E aí, um dia, num acesso de *toukouk*,* o guilhotinado estraçalhou o guardião, assim, só com os polegares na garganta, só com as unhas que deixara crescer. Ele inventara uma lâmina perfeita.

— E o chinês?

Se era quem Planchon pensava, a quarta cabeça saíra da última execução, um pouco antes da chegada da família. Ele já não estava mais encarregado da guilhotina. Era com certeza o Tang, porque, desde então, não o tinha mais visto.

— Ah! o Tang — disse ele — se você o tivesse conhecido!

---

*Palavra pertencente a um dialeto somali (África) designando um acesso insuportável de calor que pode levar à loucura. NT.

12

O nascimento de Tang havia sido saudado por todos os jornais do planeta. Na França, *L'Aurore* de 13 de janeiro de 1898, noticiou: "Uma menininha de sete anos deu à luz uma criança." Os raros leitores, nota infelizmente colocada na segunda página, depois do enorme e contundente artigo de Zola "EU ACUSO", descobriram que o nascimento extraordinário havia acontecido na China — outro país, outros costumes — onde, sabe-se bem, as menininhas dão à luz aos sete anos e colocam suas filhas no estrume para que sejam devoradas pelos porcos.

Tang era um menino. Isso o salvou do estrume e dos porcos, mas não impediu que sua mãe fosse posta na rua pelo dono da fazenda onde trabalhava como serviçal. Ela possuía apenas o pedaço de pano que lhe cingia o corpo e o vaso rachado no qual ela pôs a criança para carregá-la na cabeça. E assim, pelos caminhos empoeirados de Setchuang, os camponeses viram passar aquela pobre criatura descalça com o vaso na cabeça de onde a cabeça de Tang surgia como uma rolha, pelas fendas, seus pezinhos rosados da cor do chá pareciam alças.

Havia muito pouco espaço na mente da mãe de Tang para outra coisa que não fosse a sobrevivência imediata: encontrar água, colhê-la entre as mãos, mastigar as ervas empoeiradas que vegetavam à beira da estrada. A única imagem estranha ao mundo que ela devia combater, a única idéia, que em toda sua curta vida lhe acorrera ao espírito, era uma fita vermelha com a qual tinha imaginado ornamentar suas tranças negras e, agora que era mãe, amarrar os cabelos lisos de seu bebê de modo a fazê-los dardejar como uma espiga destinada a lhe trazer prosperidade e opulência.

Nos dias de fome e de delírio, a fita vermelha que guiava seu caminho rumo à felicidade se esvaía. Ela imaginava carregar sobre a cabeça um pote cheio de uma deliciosa compota de porco açucarado que lhe enchia a boca de saliva. Quantas vezes não tinha ficado desapontada achando dentro do vaso apenas o filho que seu instinto maternal muito desfalecido — em todo caso muito menos presente do que a fome e a sede — dizia que, talvez, fosse bom para comer. Apenas o esgotamento, que lhe fechava os olhos, desatava-lhe os maxilares e descerrava-lhe os dentes evitou que Tang fosse devorado cru. Ele nunca gostou de sentir-se muito apertado e muito menos de ser abraçado. Uma boca que se aproximasse da sua face lhe dava arrepios. Porém os sonhos de sua mãe tinham passado para o seu sangue: sonhos de carne dourada, sonhos de criança em compota e de fitas vermelhas.

Um circo russo que passou por lá capturou a mãe e o filho para expô-los ao lado da mulher sem cabeça e do homem-elefante. A mãe de Tang, que na verdade não passava de uma garotinha, foi tomada por um medo horrendo, que lhe apertou o coração com suas pinças de caranguejo. Foi encontrada morta perto do homem-elefante como os ramos frágeis que, na floresta, perecem à sombra de árvores gigantes escondendo o sol.

Sem a mãe, Tang não valia muita coisa. Na esperança de que ele se tornasse anão, acabaram por guardá-lo no mesmo vaso tanto quanto puderam para depurar sua deformação, deixá-la mais arredondada, mais lisa. Ele sabia se dobrar e se desdobrar com uma extraordinária flexibilidade, o que fez com que fosse escolhido pelos acrobatas, para os quais servia de bola.

A bola sobre o nariz das focas, era Tang. A bola que as crianças pegam nos picadeiros, era Tang. A bola que os palhaços furam achando graça, era Tang. A bola sobre a qual o elefante põe delicadamente sua pata enfeitada de pérolas e sinetes, era Tang. A bola abandonada no chão do circo e que se recolhe com o excremento dos cavalos, era Tang. Em toda a sua infância, ele foi apenas um balão vermelho.

Em Moscou, ele ingressou numa orquestra de animais. Em Budapeste, fez um dueto com uma macaca. Ele gostava do trabalho bem-feito, e a macaca adorava as risadas e, quando achava que não era o bastante, levantava a saia e mostrava o rabo. Ele chorava de tanto rir. Em Viena, ele trocou de parceiro. Juntaram-no à mulher-baleia, tão frágil sobre seus finos ligamentos e seus pezinhos. Achavam gracioso o duo que o duende e a baleia formavam. A enorme e branca mulher tinha tanta dificuldade para ficar em pé que acabava oscilando numa cambalhota. Com sua massa imensa, ela ameaçava o baixinho reluzente e dourado que escapava pulando para não ser esmagado. Na pátria da valsa, Tang acabava de inventar o tango.

Em Paris, ele deixou o circo, se fez dançarino mundano e montou o Tango's. A moda estava lançada. Na Rue de Lappe, os empreendimentos foram abertos, um após o outro. Cada um inventou sua lenda, todas elas prodigiosas. Esses lugares eram mal freqüentados e perigosos, entrava-se lá arriscando a vida. Os homens carregavam navalhas no bolso; com um gesto ardente, eles abriam a lâmina. Tang dançava com algumas dentro da meia. Esperava-se um banho de sangue a qualquer momento.

Trinta anos depois, ele foi novamente manchete em *L'Aurore*: "O abominável crime da Rue de Lapppe." Sete mulheres assassinadas no Tango's. De boa sociedade, de boa cepa, todas estranguladas com a mesma fita de cetim vermelha. O acusado que se exprimia com um sotaque estrangeiro, só encontrou para se defender uma história complicada que ninguém quis acreditar. Somente a perfeição do senhor Tang, sua popularidade, seu desejo de satisfazer todas as clientes que afluíam ao seu salão de dança o tinham levado a imaginar aquela figura mortal, para a qual ele as arrastou. Uma única e mesma mulher envolvida por uma fita vermelha, uma dançarina perfeita com seus 14 braços e 14 pernas. A agonia foi extraordinária. Todos aqueles peitos esmagados deixaram a alma com um único e mesmo suspiro.

13

— E então? — perguntou Chrétienne.

O rosto virado, ela escutava com os olhos em êxtase.

— E então — continuou Planchon — Tang se adaptou muito bem à situação pois, não importa o que digam, o presídio não é o circo. A vida era igualmente dura, mas não requeria aquela perfeição do gesto, aquela habilidade, aquela precisão do movimento sem os quais não se dá o grande salto. Ao contrário, o presídio entorpecia os membros, atrofiava os dedos, pesava sobre o espírito, era por aqui a única condição de sobrevivência. Hábil e inteligente como ele era, Tang aproveitou-se da sua pequenina estatura para escapar da maioria dos trabalhos forçados e preservar aquela habilidade incrível, aquela sensibilidade única. Ele virou caçador de borboletas e tornou-se correspondente de um grande número de museus de história natural no mundo, e de alguns colecionadores privilegiados que lhe faziam encomendas em latim. Eles preferiam, à mariposa azul que se funde no céu, a espécie raríssima de borboletas cinzas e poeirentas que rastejam sob a casca das árvores mortas. É a vida.

Meu Deus, pensava Chrétienne, custei a entender. Tang era o chinês da sua felicidade, ou — mais exatamente — o chinês pelo qual seu pai pedira que ela sacrificasse a sua felicidade, e ela não tinha se decidido suficientemente rápido. Ele deve ter sido guilhotinado na noite em que ela hesitou. Foi no meio de uma enorme tranqüilidade que se apoderou dela uma onda de amargura, uma dor imensa, uma angústia infinita, pois, para aquele chinês, com certeza, ela teria dado tudo. E para ser a mãe daquele chinês...

A Madre de Deus achou que sua filha não estava com bom aspecto. Parecia uma folha desbotada na qual se percebe na transparência amarela as nervuras verdes. Ela diagnosticou, como para uma planta, a clorose.

— A clorose das MOCINHAS? — perguntou o governador.

Ele dava à palavra mocinha algo de insultante. Em todo caso, foi assim que Chrétienne entendeu. As meninas não gostam que suspeitem de sua feminilidade.

Para medicar a clorose à mocinha, a Madre de Deus determinou que sua filha saísse um pouco do presídio, que respirasse o ar DO CAMPO. Sugeriu passeios com fins pedagógicos. Propôs que a essa tomada de contato com a natureza fosse acrescentada a construção de um herbário que despertaria a criança para a beleza, a variedade da flora tropical, fazendo-a apreender todas as nuances e as riquezas daquela terra injustamente reservada à reclusão dos escravos e dos presidiários. Ela explicou a eles o seu método: cortar delicadamente a planta, deixá-la secar entre dois mata-borrões rosa, depois alisar bem a flor sobre a folha de papel para dissecar as pétalas, os estames e o pistilo e, se possível, toda a raiz. Por fim, escrever o nome em latim, e com tinta preta.

Em si, o princípio era sedutor, mas era neste caso irrealizável pela amplidão, força e gigantismo da própria flora. Tudo era muito espesso, muito grande, muito aveludado para poder ser encaixado entre as páginas de um caderno. Quanto ao mata-borrão rosa, seria necessário substituí-lo por lençóis e cobertores, pois as plantas, saturadas de água, começavam a escorrer tão logo cortadas, como se tivessem de saciar a sede de uma equipe de lenhadores da Amazônia. Esprêmê-las entre as páginas de um dicionário, era quase o mesmo que tentar conservar os dedos ou uma língua através do mesmo processo. Apodreceria.

No entanto, eles as colecionavam, tal era o objetivo dos seus passeios, mas desafiando cipós hidrófilos que se passavam por serpentes e que preparavam, para o dia em que Deus autorizasse, abraços apertados em torno de corpos que emanam calor. Evitavam as plantas carnívoras que estalam os dentes sobre suas presas. Eles não apanhavam os cogumelos que têm no dorso a pele de um coelho branco e que se contentam com um botão vermelho no lugar do olho. Nunca colhiam as bagas imitando morangos mas que, através de um desses erros flagrantes que expõem a fraqueza dos falsários, erguiam-se à altura de maçãs em uma árvore lembrando grosseiramente uma figueira.

Chrétienne aprendeu, não como queria sua mãe, que fizera dos *Robinsons suíços* seu guia de segurança, a se maravilhar com as proezas da criação, mas a desconfiar de suas falsificações: a serpente que se disfarça num monte de folhas mortas, a mosca fantasiadas de colibri, as borboletas que se enfeitam como um rosto de morto, os peixes que, sobre as rochas, fazem-se passar por lagartos e os lagartos que se tomam por homens pois dão três passos correndo em pé. Planchon tinha apenas um princípio, bater primeiro, esmagar em seguida, por fim examinar.

— Aqui — dizia ele, tomando o universo como testemunha — se você não bate primeiro, é atingido; se não mata, morre.

Com tais princípios, o passeio era uma seqüência de acidentes mais ou menos graves nos quais, se eles não agissem com prontidão, antecipando-se às armadilhas preparadas pelo Grande Programador, seriam devorados. Passear era mais ou menos arriscar um pedaço de si mesmo. Então eles se precaviam. Deixavam atrás deles um caminho trabalhado como que por javalis. Poder-se-ia seguir os rastros. Com golpes de pau, em grandes gesticulações de ceifeiros, eles devastavam, tanto quanto possível, a natureza inumana. Só havia plantas arrancadas, flores decapitadas, aranhas esmagadas, serpentes talhadas. Chrétienne começava a ganhar forças.

Diante do palácio, o tom aumentava. Num local onde se falava em voz baixa, onde se ouvia apenas o ceifar das equipes de trabalho forçado que cortavam o mato, podavam os maciços, retiravam as flores mortas, uma discussão entre presidiários que se transformasse em briga era inimaginável. Chrétienne se aproximou de onde eles estavam e viu Planchon. Ele gesticulava diante de um gnomo dourado que se inflamava, gritando palavras impossíveis de se entender. Tang tinha ressurgido da floresta e reprovava Planchon de modo veemente por ter, nos seus exercícios de ciências naturais, posto no saco um ninho de casulos raros cuja eclosão ele aguardava com infinita paciência.

"Tang — disse consigo Chrétienne com o coração aliviado — oh, Tang!" Veio-lhe ao espírito que sua felicidade, embora aquilo não parecesse com o que ela esperava e até mesmo caminhasse por vias demasiadamente selvagens, chegava ao fim.

Com o barulho que ela fez se debruçando na janela, Tang levantou a cabeça e o que ele viu cortou-lhe a respiração: duas tranças negras ao longo de um rosto de criança. Aquilo deixou-o meio aturdido, não sabia de onde vinha, mas sentia crescer dentro de si uma emoção desconhecida. Na ponta das tranças que pendiam pela janela, ele colocou laços de cetim vermelho.

14

A bela liberdade de Planchon tinha seus limites, ela se desfazia no momento em que saía do presídio. Assim que se acercava do centro da cidade, ele enchia-se de uma ansiedade escrupulosa esperando que Chrétienne se comportasse corretamente. Ele detestava vê-la correr e parar com uma freada para deixar marcas sobre a laterita. Acompanhá-la até a escola era um verdadeiro martírio. Queria que ela se desenvolvesse, que fosse bela e limpa com luvas de cadarço e brincos como uma linda princesa. Ela estava sempre desarrumada — culpa de quem? —, esfarrapada, as mãos sujas. Por causa de uma bainha rasgada, ele a insultava porque estava desonrando o presídio em geral e a ele, Planchon, em particular:

— O QUE parecemos? QUE aspecto temos? A VERGONHA caiu sobre nós!
Então ele a banhava ferozmente, a esfregava sobretudo no pescoço e atrás das orelhas. Prendia-lhe os cabelos para trás com água e com a saliva dela. Cospe, ordenava ele, estendendo a escova. Porém ele nunca a despia, deixando-a com camisa sob o chuveiro. Ela só a retirava junto com a calcinha quando ele se virava ostensivamente.

A VERGONHA, ele devia senti-la com toda a sua força por causa da medalha de boa conduta enfeitada com um duplo nó azul que Chrétienne exibia triunfalmente diante do pórtico de Santa Maria.
— Está vendo — dizia ela, pavoneando-se — ainda tenho a medalha de boa conduta.
— Você ainda tem a medalha de boa conduta! — repetia Planchon fascinado.
— Eu tenho a medalha...
— Você tem a medalha...
Eles conjugavam o acontecimento quando foram abordados pelo alvoroço dos pais de uma aluna, pobre guianensesinha lacrimejante que sangrava do nariz e que não se sabia o que mais a desolava, se o rasgão do lado direito do seu colete, ou a mancha de sangue que escorria sobre o peitilho de seu vestido branco.
Planchon levou algum tempo para compreender, tomando consciência aos poucos: a medalha de boa conduta não pertencia a Chrétienne; ela a tinha arrancado do peito da sua legítima dona; ela a tinha surrado para que cessassem suas lamúrias, sendo bastante vigorosa nos socos aplicados no rosto da garota.

Restituição sobre a calçada. Desculpas inaudíveis de Planchon cujo espírito de clã e a raiva racial lhe recomendavam sobretudo quebrar a cara dos negros.

— Vamos, vamos, pegue sua medalha...

— Não é o bastante — praguejava a família, apontando para o rasgo no colete carinhosamente tricotado com pontos cheios.

— O que querem que eu faça?

— Submeter-nos ao desdém de um presidiário, ainda por cima...

— É a filha do governador — interrompeu ele.

— Cada uma educa suas crianças.

— O que querem — gritava Planchon —, que eu a mate diante dos senhores?

Ele uniu o gesto à palavra e apertou o pescoço de Chrétienne que chorava, sem um movimento, sem uma palavra, bem no seu papel de vítima, desejando, sim, naquele instante, ser morta por Planchon, na calçada, diante daquelas pessoas. Os nervos estavam fora do controle.

Muito impressionados, os pais tinham retomado seu caminho com a pequena vítima, a medalha, o nó azul e a certeza de que só eles sabiam como educar uma criança. Tinham a intenção de pedir satisfação às irmãs, exigiriam que elas não recebessem qualquer um. A altercação com os guianenses havia provocado em Planchon uma cólera mortal que atingiu, na porta do presídio, um furioso paroxismo:

— Mas eu vou te furar — berrava ele. — Vou te furar. Apanho uma faca e te enfio na barriga. Eu pego uma corda, passo em volta do teu pescoço e aperto. Eu te jogo dentro d'água, te lanço aos tubarões... — e, para fazê-la avançar, ele pontuava suas ameaças com pontapés no traseiro da menina.

Se uma coisa impressionou o governador e a Madre de Deus, foi o estado de Planchon, os olhos fora das órbitas, a baba no canto dos lábios, o suor na testa. Eles viram naquilo os sinais de uma cólera santa que, como efeito, aumentava a culpa de Chrétienne. O que ela não teria feito para deixar um presidiário assim fora de si! Para punir uma e, ao mesmo tempo, apaziguar o outro, a Madre de Deus apanhou a chibata e aplicou na culpada aquilo que na sua família, que tinha participado da conquista da Argélia, chamava-se uma COÇA. Para não ficar de fora, o governador administrou a punição tradicional de sua grande família apostólica romana. Ele a fez ajoelhar-se sobre uma régua de ferro e obrigou-a a segurar um tijolo em cada mão, de braços cruzados. O ordenança trouxe a régua, quanto aos tijolos, eram materiais do presídio.

Chrétienne tinha apanhado tanto que sentia por todo corpo um bem-estar ardente acentuando o formigamento que subia-lhe pelas pernas, o estremecimento dos braços e o gosto inquietante do sangue na boca. Entorpecida, ela ficou com os braços esticados até cair como um passarinho que morre dependurado no galho. Quando a punição foi suspensa, ela estava enroscada no chão, temendo que, se fosse acordada, voltasse a mergulhar na sua dor, odiando que viessem colocar compressas de água fria sobre as feridas azuis e inchadas deixadas pela chibata, berrando quando tentavam lavar-lhe as crostas sob o nariz e sobre os lábios, recusando que a penteassem, vestissem, alimentassem.

— Depois de uma boa noite de sono, não aparecerá mais nada — disse a Madre de Deus, retirando das pernas da filha os pequenos estilhaços de ouro que a preciosa chibata deixara ali cravados.

15

A dor não abrandava. As lágrimas jorravam em ondas rápidas e violentas que lhe queimavam os olhos. Ela desejava a morte do pai e, num grau inferior — mamãe, eu te amo! — a da mãe. Mas, pensando em Planchon, tinha sobressaltos de raiva: agarrava as barras da sua cama de ferro e as sacudia tão freneticamente que a retirava do lugar; pulava furiosamente sobre o colchão tentando bater com a cabeça no teto para esmagá-la; berrava para rebentar a garganta; bloqueava a respiração e tentava expelir os olhos injetados de sangue; mordia a língua, se arranhava e arrancava os cabelos.

A voz do governador, vinda das profundezas da casa, perguntava a esmo:

— Será preciso intervir novamente?

INTERVIR! A palavra lhe infligia um medo intenso que a colava contra o colchão com a mesma rigidez que devia escapar dos corpos dos decapitados procurando em vão suas cabeças. Eles não a abandonavam nunca. Assim que se via sozinha, eles recomeçavam, principalmente naquele instante, quando a noite caía. Uma sombra no muro, e lá estavam eles, horrendos por causa daquele nada que havia em cima do pescoço cortado, aquele nada que era alguma coisa que não se podia esquecer. Ela não sabia como dizer ao outro que tinha jogado sua cabeça no chão e que, no dia da grande recolagem, ele teria uma baita surpresa! Seu coração fazia um enorme barulho dentro dos ouvidos. Ele galopava como um cavalo.

As lágrimas escorriam, doces e amargas, sobre sua face ressecada porque a medalha de boa conduta, ela a tinha recebido na semana anterior, mas naquela hora ninguém pareceu perceber. Sua mãe, apenas por formalidade, cumprimentara-a com embaraço. Eles não eram muito pelas "medalhas" na família e, quando felicitavam a Madre de Deus pela sua Legião de Honra, ela se defendia com muita modéstia, explicando que seu único mérito era o de tê-la obtido A TÍTULO MILITAR. Ela não lhe concedia mais do que um valor sentimental, o valor de uma lembrança. Quanto ao governador, que era comendador da mesma ordem, ele aparecia sempre com o peito desprovido de qualquer insígnia, como se nada devesse proteger seu coração ferido.

Ao contrário dos seus pais, Chrétienne gostava das medalhas, fossem de folha de alumínio, de chocolate ou, como no caso atual, de boa conduta. Ela pulava da cama e se fazia condecorar pelo primeiro presidiário, varredor ou ajudante de cozinha, assistente de ordem ou enfermeiro que passava. Que cena de comemoração! O escolhido o fazia com dedicação, sempre achando que poderia ficar um pouco mais ao centro, um tanto mais à direita. Ela cuidava tão bem da sua medalha, chegando mesmo a fazer com que passassem a ferro o nó, que negligenciava o resto. Até que a tiraram dela para prendê-la no peito de uma menina cujas tranças, no alto da cabeça, já estavam enfeitadas com impecáveis laços de organdi branco.

Não lhe haviam explicado que a medalha não era uma dádiva, mas um empréstimo, que não bastava apenas possuí-la, mas merecê-la a cada instante. Não apenas se comportar bem, mas sempre melhor do que as outras. Olhar de soslaio aquela cujo progresso tornava-se ameaçador, tremer a cada boa nota que tirasse, vibrar com a sua mínima falha... Quando ela se precipitou sobre a pequena guianense, não foi apenas sob efeito de uma reação cruel, ou mesmo selvagem, como a tinham acusado, mas porque ela reparava uma injustiça. Ela retomava a posse de seu bem, a outra que se contentasse com seus nós de organdi.

Segundo a tradição comum às duas famílias, a que açoitava e a que ajoelhava (mais a régua, mais os tijolos), depois da punição física, a criança devia meditar sobre seu erro no isolamento e na solidão. Era, de acordo com a idade e o lugar, uma breve reclusão dentro de uma armário, o banimento dentro do escritório ou da adega, ou a quarentena dentro de um quarto com as janelas fechadas. Pela formalidade, Chrétienne ficou exilada dentro do depósito. Não permaneceu lá mais do que duas horas. O tempo de travar conhecimento com as cabeças, quer dizer, ficar encostada à porta, os olhos fechados, a respiração contida; depois, mais calma, abrir os olhos se alegrando com a escuridão que não a deixava ver nada. Não vendo nada, ela se esforçou para ver, percebendo lá, bem longe, o brilho dos recipientes, descobrindo a presença das cabeças. Ao aproximar-se com os olhos abertos, constatou, como lhe tinha dito Planchon, que o Negro e o Vermelho eram velhas cabeças, quase que só crânio. Viu o Bretão de passagem e procurou a outra. Ela a tinha realmente jogado longe, e apodrecia bem no meio de um caixote de livros, dentro de uma podridão espessa de papelão roído, páginas viscosas e tinta putrefata.

Durante esse tempo, com a altivez a que ela não havia totalmente renunciado, a Madre de Deus fazia saber a quem de direito, usando seu papel azul que a umidade envolvera com uma desagradável margem parda, que no caso da medalha ridiculamente atribuída à BOA CONDUTA, a instituição religiosa comportara-se mal e mostrara falta de discernimento e ausência de caridade. Ela retiraria sua filha Chrétienne da escola... Ela receberia suas lições em casa, de agora em diante, com um professor particular. Tinha finalmente escrito PROFESSOR PARTICULAR.

Foi São João que se propôs a executar o papel.

— O senhor faria isso por NÓS! — exclamou a Madre de Deus não sabendo como exprimir seu agradecimento.

Foram perturbar Chrétienne, que se divertia dentro do depósito. Acreditando que ficaria ali por vários dias, fazia, tranqüilamente, entre os recipientes, o inventário dos caixotes. Anunciaram a boa notícia, fazendo com que prometesse mostrar grande dedicação a tudo aquilo que São João quisesse lhe ensinar.

16

Assim as coisas foram indo. Cristiana engordurava seus cadernos sobre a mesa da cozinha em meio a um amontoado de produtos, que São João controlava com a atenção de um comandante abastecendo o porão do seu navio. Aguardava-se para ver rolar os tonéis de rum e, se o palácio do governador não havia ainda largado as amarras era porque a ratafiá nunca era o bastante. Numa morada de quase quarenta cômodos, haviam achado para a criança apenas 50 cm de uma mesa imunda, de madeira tosca a imprimir suas nervuras sob as páginas. São João não saía da cozinha. Tinha feito dela a plataforma de afazeres tão numerosos quanto complicados.

Os comanditários torpes traziam os animais, com o aspecto de traficantes de ouro: duas galinhas magras penduradas pelas patas azuis; um papagaio comprido e rígido cuja morte — já antiga — havia perfurado os olhos e esculpido o crânio redondo; um leitão barbudo; uma coxa de macaco ruivo do qual haviam devorado a barriga.

No meio do cômodo, tonitruante e vaidoso, São João negociava, desvalorizando sistematicamente a mercadoria. O papagaio, pesado pelo rabo, era mais leve do que o penacho de um policial; as galinhas seguras pela carne, sob as asas, apalpadas no peito e uropígio, submetiam-se à investigação de um dedo interrogador com um cocorocó ao mesmo tempo surpreso e consternado, uma maneira de protestar, antes da panela, pela honra perdida.

— Sem ovos — concluía São João com autoridade.

— Ovos até dizer chega — afirmava o traficante de ouro, assegurando em sua defesa que o animal tinha posto durante o transporte.

— De cabeça para baixo e as patas para cima?

— Eu juro!

Outro exame, outro cocorocó. Fizeram uma aposta. Diante do ventre aberto, Cristiana contava os ovos, os grandes já amarelos e os pequenos, brancos como pérolas, isso se chamava LIÇÃO DE CÁLCULO e São João havia perdido. Se não existiam, isso se chamava LIÇÃO DE COISAS e examinavam a moela, saquinho de surpresa dentro do saquinho de surpresa do ventre da galinha. As apostas recomeçavam sobre a maneira como o animal tinha sido alimentado. Grãos ou em liberdade? Era melhor para todo mundo que tivesse sido com grãos. A vida em liberdade reserva, nessas regiões e sob esses climas, visões que espantam e das quais, no que diz respeito à memória, é impossível recuperar-se inteiramente. Ovos ou não, a base de grãos ou em liberdade, os homens reconciliados brindavam em volta da galinha estripada.

Em matéria de alimentação, o papagaio e a galinha constituíam o que havia de melhor. São João preferia a galinha ao papagaio, mas os animais mais variados não paravam de passar pela cozinha. Os pobres diabos que queriam dinheiro e trocavam qualquer coisa, juravam não saber o nome, mas que AQUILO se comia, bem cozido, no molho, com limão, vinagre, álcool e pimenta. São João se debruçava sobre uma fauna tão diversa e variada quanto os cogumelos dos países temperados. É bom ou não é? A questão fundamental:

— Isso não me agrada — e São João recusava.

Então, o miserável, que sabia que seu animal ia morrer e ele também, virava-se para Chrétienne e lhe fazia um desconto, porque aquele animal era o mais doce, o mais familiar companheiro que havia no mundo.

— Você o quer? — perguntava São João.

Como recusar? Ela queria todos. Um por um, eles compunham sob a mesa, amarrados ao pé das cadeiras, no fundo de uma caixa de papelão, um jardim zoológico estranho e efêmero que era negociado por um copo de licor que queimava o estômago do infeliz e atiçava a embriaguez de São João. A floresta virgem com suas penugens, suas escamas, suas cascas, seus olhos de ouro e de safira, seus focinhos longos e curtos, seus falsos ursos e panteras, e seus verdadeiros macacos invadia a cozinha com o passar das horas.

— Você poderá pegá-lo DEPOIS.

— Depois de quê?

— Depois da lição.

— Que lição?

— A lição de TUDO.
Depois dos visitantes de copo de ratafiá, a lição de TUDO ganhava um novo interesse com a chegada da maré. Grosseiramente embrulhados em papel de jornal, os peixes cegos palpitavam em suas flácidas gorduras e, eternizando-se a negociação. E, mais um incontável sobressalto, eles rasgavam o papel úmido, pulavam no chão e tentavam, erguidos sobre suas nadadeiras, uma curta corrida até a porta. Ignoravam, os coitados, que seria preciso ainda descer as escadas, cruzar sob os olhares apaixonados dos urubus todo o parque para encontrar o mar. São João os apanhava, os atordoava com um golpe de garrafa mais ou menos violento, dependendo da quantidade de ratafiá.

— Se você não quiser comê-los podres, é preciso que eles continuem vivos!

Ele guardava viva uma tartaruga com a qual prometia a si mesmo fazer uma vitela assada. Dois guisados de coelho se agitavam dentro de um caixote revirado. E depois, sem transição, repondo sobre a mesa o peixe coberto de poeira, ele rasgava um pedaço do jornal ensangüentado que havia servido de embrulho e anunciava com uma voz de trovão:

— DITA-DO.

Em matéria de ortografia, ele privilegiava as notícias populares, os relatórios policiais, as sentenças administrativas. Ele se inflamava e espargia o ditado, como se fossem incidentes, com suas considerações pessoais sobre a corrupção dos juízes, a manobra desonesta dos funcionários, a coragem dos criminosos. A autocorreção não era nada fácil. Chrétienne não encontrava o texto que tinha transcrito dentro do jornal imundo, ela que sonhava com um ditado tão perfeito que pudesse reproduzir sobre as palavras as manchas do papel.

São João desordenava até a matemática, pela sua maneira de dividir os números com zeros no meio que complicam tudo e uma preferência pelos setes e pelos noves que são tão difíceis de trabalhar. Ao ver como ele se encontrava de repente, ela adivinhava que haveria restos e que seria necessário andar três casas depois da vírgula e ainda tirar a prova. Ela se esforçava para domar a brutalidade dos números que se chocavam até no seu traçado. Esgrimava com cifras tão desarmoniosas que pareciam um batalhão derrubado por uma metralhadora, com homens pelo chão e oficiais em pé, berrando que eles deveriam avançar assim mesmo. O peixe que fora esquecido emitiu um grito atroz, uma espécie de canto do cisne, expulsando entre seus lábios grossos a massa rosa da língua.

Após o mercado e bem antes do início da refeição, São João fazia uma pausa. Abria outra garrafa e se sentava ao lado de Chrétienne, encorajando-a a terminar mais rápido. Servia seu copo, colocava o peru em seus joelhos e o acariciava vigorosamente. O animal dardejava sua cabecinha cega e a agitava da direita para a esquerda com uma satisfação indubitável.

— O que seria bom — dizia São João com a euforia que lhe trazia a ratafiá que tinha consumido desde a manhã — é fazer um pouco de geografia. Não o mundo, mas Caiena e suas cercanias, digamos até Caracas.

Ele sabia tudo sobre o assunto. Resultado de duas fugas. Enquanto isso, ele substituía os exemplos neutros e insípidos que a gramática adora por palavras de uma crueza que incrustavam seu conjunto de imagens no cérebro e que ela retinha contra a vontade, se proibindo de um dia vir a usá-las. Foi assim que ela aprendeu de uma só vez os verbos da primeira conjugação com PEIDAR.

— Você verá — encorajava São João — você verá como será engraçado quando chegarmos ao imperfeito do subjuntivo.

Ela não ria. À força de se conter, sua fala ficava cheia de vazios. As palavras que perdia ou que não podia pronunciar deixavam imensas lacunas em suas frases. Ela balbuciava.

— Vamos lá, recreio — ordenava São João que queria livrar-se dela.

17

Planchon o substituía, era ele o guardião do recreio. Depois do caso de medalha, ele só cuidava da manutenção. Piquete de greve, ele mantinha-se estritamente dentro dos limites do seu papel, não lhe dirigindo mais a palavra, observando-a sem olhar para ela. Ele a suportava. Chrétienne pensava ser capaz de se esconder, mas ele sempre a reencontrava. Bastava olhar por cima do seu ombro para perceber sua silhueta reconhecível no meio de mil, dentro dos seus farrapos de marechal que haviam feito com que recuperasse a honra e a confiança em si mesmo.

Quando chegava perto dela, ele se agachava e enrolava um cigarro, um bocado de tabaco ordinário dentro do papel de jornal. Ele a observava, sem nenhuma emoção particular, pular com um pé só sobre as vigas do desembarcadouro, subir sobre um telhado para espantar os urubus, escalar até o alto de uma cisterna para atirar pedras lá de cima.

Em compensação, ele era obrigado a segui-la na cidade. Ela a conhecia nos seus mínimos desvãos, atenta a tudo o que lá se passava. Sabendo que na loja do Pepeder tinha há dois dias um bicho preguiça amarrado a um galho de mangabeira, que o Grand Parisien tinha recebido um fardo de cretone vermelho com flores brancas, que as irmãs faziam um presépio vivo, que no Pouponne haveria uma fressura de porco no almoço. Cristiana assistiu a um concurso de elegância automobilística no qual, na praça das palmeiras, as senhoras dos funcionários tinha apresentado os automóveis da administração e do exército com trajes à fantasia. O prêmio havia sido conquistado pela mulher do Alto Comissário que tinha se fantasiado de grumete...

Dessas coisas ela não se gabava. Sabia por intuição que seus pais não teriam apreciado o concurso de elegância, nem a calça curta da comandante da Marinha que deixavam aparecer suas coxas nuas. Realmente, faltava-lhe um amigo, um confidente, e a vigilância impassível de Planchon era-lhe insuportável. Ela percebeu um cão que, ele também, errava pelas ruas de Caiena. Eles não iam sempre aos mesmos lugares, mas se cruzavam freqüentemente, cedendo um ao outro a passagem sobre a calçada. Eram os únicos seres livres nessa cidade onde, mais do que em qualquer outro lugar, todos tinham uma função, um lugar, uma residência determinada. Eles seguiam, conforme seu humor e o rumor, de um bairro a outro, o chique, o mal-afamado, o hospital, o quartel, verificar no porto se o navio dos correios tinha realmente chegado, assistir ao seu descarregamento, mas também correr à outra extremidade da cidade para ver os presidiários que voltavam do trabalho forçado nas estradas e fazer um desvio pela casa do doutor Désir que dava um baile infantil.

O cão conhecia os bons endereços. Foi ele que a conduziu à loja do único fotógrafo da região que efetuava milagres atrás de uma cortina preta. Ele possuía cenários pintados diante dos quais a alta sociedade vinha, em família, tirar retrato. Céu azul, varanda florida de rosas, ou céu azul, mar azul e barcos à vela. Ele escondia, atrás, cenários mais elementares com aberturas, os preferidos dos presidiários. Eles metiam dentro de inofensivas guilhotinas suas cabeças hirsutas e se admiravam sobre as provas vestidos como peraltas e meretrizes. Um dos cenários representava a Sagrada Família com anjinhos no céu.

Na outra extremidade da rua principal, no bairro dos grandes entrepostos mantidos pelos chineses, o cão, que freqüentava assiduamente as latas de lixo, a tinha colocado pela primeira vez em contato com um aparelho de rádio. Um rico comerciante possuía um, graças ao qual ele acompanhava o movimento da Bolsa. Chrétienne tinha escutado, como todos os curiosos, uma música que seria conveniente qualificar de fanhosa e fragmentos de vozes agressivas como uma rixa de gatos. Convidada a entrar — o cão ficou do lado de fora — ela viu o instrumento do tamanho de um caixote com uma pequena cortina de pano na frente. Imaginou que funcionasse como uma casa de bonecas povoada de pequenos personagens que colaboravam com todas as combinações possíveis para animar aquela casa de rádio particularmente ativa, prolixa e engenhosa.

Ora, ela tinha sempre sonhado em possuir um anão — seu amor pelos sapos tinha aí sua origem — com o qual ela poderia conversar e que lhe teria oferecido estímulos, conselhos e elogios em abundância. Descobrir que simples comerciantes possuíam homens, mulheres, crianças, suficientes para encher uma caixa, a colocava num estado de estupefação próximo do aniquilamento enquanto ela sentia crescer aquele desejo violento que a obrigaria a passar à ação para obter, contra a ordem e contra a lei, total satisfação.

Ela suplicou aos seus pais para adquirirem um aparelho que prometia examinar detalhadamente. Queria, em particular, elucidar o mistério do funcionamento da sala de banho deles e, primeiramente verificar um ponto que a inquietava: lavavam-se os anões nus ou vestidos? Depois sondar como, em volta do maestro, eles afinavam os instrumentos liliputianos, porque a música que saía do rádio não possuía o som de instrumentos comuns, o que deveria se explicar dada sua extrema miudeza. Com que poderiam parecer as teclas de um piano anão, os buracos de uma flauta do tamanho de um palito? Suas interrogações não encontraram respostas, não haveria anões dentro do palácio do governador, muito menos aparelho de radiofonia.

— O que ELA quer? — perguntou o governador, tratando de não se encontrar dentro de uma história que misturava os anões e a música. — ELA está delirando?

Quanto à fotografia, Chrétienne tinha apanhado sua mãe pelo sentimentos religiosos. Ela a tinha persuadido que seria do maior interesse possuir uma fotografia que mostrasse às famílias da França como eles eram felizes em Caiena. A Madre de Deus como Virgem, o governador como São José e ela, bem no alto, aproximando seu rosto de um anjo apoiado sobre uma nuvenzinha. Mas ela se enganava em relação à sua mãe que não possuindo a religiosidade rosa, preferia dentro do escarlate do martírio as nuances mais sombrias. Ela teve de calar seu desejo, embora sua mãe não tivesse dito que não, mas apenas uma fotografia na varanda, e na condição de se retirar as flores e não mostrar o céu.

Essa foto eles não tiraram nunca. Chrétienne não tinha retrato algum de seus pais. Somente mais tarde, num jornal, observando o vice-rei das Índias e *lady* Mountbatten, ela encontrou alguma coisa sobre o casal que formavam seus pais em Caiena, aquela altura, aquela magreza, aquele retumbante retraimento, e seu coração contorceu-se com uma dor que dizia que ela devia tê-los amado muito, com aquela forma de admiração que se chama de veneração. Recortara a foto e a guardava com seus objetos íntimos, mostrando-a às vezes dizendo: meus pais. Mas as pessoas que tinham reconhecido o célebre casal não acreditavam nela e suspeitavam então de tudo o que dizia.

Como aqueles seres, de uma perfeição absoluta, de uma graça total, de uma devoção sem limites, tinham podido encalhar num lugar daqueles? Por que tinham eles exigido ir para lá com os proscritos, os delinqüentes, os desprezados? Que desespero, que secretas mutilações os teriam feito escolher a paragem dos presidiários? A que penas tinham eles se condenado? Em suas vidas, o governador e a Madre de Deus tinham feito duas promessas. Chrétienne e Caiena. Por cada uma eles tinham recebido o pior.

18

Entre as lições de São João e os recreios com Planchon, Cristiana não possuía existência legal. Tinha ultrapassado os limites e flutuava numa perigosa marginalidade na qual o cão não era o único companheiro de infortúnio. Tinha contato com dois ou três vagabundos aos quais fazia pequenos favores, comprimidos que ela subtraía da reserva maternal mas que não hesitava, em caso de necessidade, em apanhar na enfermaria do entreposto. Ela sabia transvazar o álcool dentro de um frasco e substituí-lo por água, roubar uma vez a seringa e, outra vez, a agulha, surrupiar esparadrapo. O esparadrapo era exigência deles. Eles a recompensavam com balas e penas de papagaio. Exigia uma fita vermelha. Ela se enfeitava feito louca, se fazia chamar de Pepita e rebolava com os quadris. Ela pavoneava-se pelas ruas, interpelava os passantes, mendigava às vezes, se fazia ralhar. Diziam a ela suavemente mas com firmeza, como ao cão errante que a acompanhava:

— Vamos, xô, vá embora, não fique aí, volte para sua casa.
— Começaram a se inquietar.
— A menininha ainda está aí?

Não fosse pelo medo da doença, teriam lhe trazido um pedaço de bolo. Não ousavam lhe jogar, afinal era uma criança.

As honoráveis famílias guianenses não reconheciam em Chrétienne a filha do governador do presídio de Caiena, mas sim como aquilo que o presídio, que eles detestavam como uma injúria à sua terra, pode produzir de pior. Elas não associavam a menina às instâncias dirigentes tão poderosas das administração penal, mas aos refugos da prisão. Só havia um lugar capaz de engendrar crianças assim, o presídio. Aos seus olhos, Chrétienne era, embora isso não existisse em Caiena, uma criança do presídio.

Ela observava, através das grades pintadas, as varandas de madeira espaçada e as flores compactas, as garotinhas de tranças com laçarotes, a tez muito pálida naquela nuance café-com-leite e bastante creme das quais se orgulhava a aristocracia guianense, aquelas peles cor de baunilha ligeiramente esverdeadas que fazem saltar os grandes olhos sombrios e olheiras arroxeadas com cílios magníficos. Os meninos usavam seus cabelos penteados para trás, mantidos assim por um óleo perfumado que alisava os cachos e dava-lhes um aspecto compacto e volumoso como anúncios de brilhantina.

Para perturbar aquela terrível indiferença, tinha preparado um espetáculo que os fez subir nas grades, pisotear as flores e torcer o pescoço entre as barras, de tal modo era irresistível: a aparição da Virgem para Bernadette Soubirous*.

Ela era Bernadette Soubirous, o véu de enfermeira da Madre de Deus apertado em volta da cabeça dava toda credibilidade à personagem. Com seus olhos enormes que justificavam de antemão todos os milagres, todas as magias, as crianças viram a filha do governador tomada de um estupor que paralisava seus traços enquanto seus braços se erguiam irresistivelmente em direção ao céu. Ela caiu de joelhos. Na luz, seus lábios deixaram escapar palavras estranhas mas bastante explícitas para as crianças embaladas de fé católica que viviam no culto da aparição da Virgem Maria. Como Chrétienne, elas conheciam o processo infalível, a ordenação minuciosa e não acharam estranho que aquilo se produzisse na calçada da frente, posto que todos o esperavam.

As palavras que saíam da boca de Chrétienne, como as de uma pessoa dormindo que fosse despertada, eram ainda mais fáceis de identificar porque eles as conheciam de cor: Ave Maria. Seja Feita Vossa Vontade. O Fruto Do Vosso Ventre. Agora E Para Sempre. Pelos Séculos E Séculos. Com certeza, eles assistiam ao vivo à grande tramóia reparadora que iria transformar o cu do mundo em sol do universo. Caiena, cidade virtuosa desonrada pelo crime e salva pela Virgem, era boa para os milagres, não para o presídio. No meio das crianças espantadas, os criados, antigos escravos, taciturnos como os negros, eram os mais entusiasmados. Eles já salmodiavam à moda africana o canto do reconhecimento e da libertação.

---

*Bernadette Soubirous, camponesa francesa (Lourdes 1844 — Nevers 1879): as visões que teve da Virgem Maria, quando tinha 14 anos, deram origem às peregrinações à cidade de Lourdes. NT.

E Chrétienne se abismava em transes que provavam ao público, que havia se precipitado sobre as grades e se apertava em volta dela que apenas ela era a eleita, porque a Virgem, que lhe falava longamente, fazia-lhe cumprimentos que ela refutava para o público com uma humildade quase mundana: Eu Não Sou Uma Santa. Eu Não Sou Tão Admirável Quanto Dizeis. Eu Tenho também defeitos Meu Martírio É Leve Como Uma Pétala De Rosa. Seja Feita A Vossa Vontade. Amém.

Os pais das crianças, vindos ao socorro, não partilhavam do espanto místico da população infantil, ainda mais que chegavam após a batalha. A Virgem dizia agora a Chrétienne o que ela pensava dos guianenses reunidos. Sua opinião, que coincidia exatamente com a da oficiante, não era nada boa. Ela pontuava seu discurso com algumas ameaças mais ou menos diretas de Inferno e de Purgatório, com as quais ela se encarregava — mamãe, eu te amo — de punir crianças tão egoístas e tão pretensiosas (expressões que agradavam à Virgem) que não abriam suas portas para uma verdadeira filha de Deus.

Aquela revelação provocou nas crianças delicadas uma violenta perturbação. Uma garotinha, se reconhecendo bastante culpada, se desfez em lágrimas. Tanta decepção de repente, pois de que adiantava que a boa Senhora aparecesse diante de suas casas se não era para os amar, nem para enchê-los de presentes? Eles tinham sido tão habituados a serem mimados que aquela restrição brutal no amor infinito que os cercava causava-lhes arrepios.

O espetáculo desandava.

— Vamos, vá embora — diziam à iluminada. — Vá embora, piolhenta; vá embora com seus pais presidiários.

E, naquele momento, Planchon, que tinha deixado as coisas acontecerem, apanhou a mão de Chrétienne como se fosse seu pai e a levou em direção ao presídio. No caminho de volta, ele a sacudiu pelo braço.

O que lhe acontecia para se deixar insultar pelos negros? O que lhe acontecia para insultar o presídio? E a HONRA, onde é que ficava? E seu orgulho, onde ela o colocava?

— É porque eu estou doente da cabeça — respondia ela debilmente sob o fluxo de injúrias.

— O que é isso de estar sempre com dor de cabeça desse jeito?

— Não é dor de cabeça — dizia ela — a dor é DENTRO da cabeça.

— Você está brincando comigo?

Naquela noite mesmo, ele pediu sua demissão à Madre de Deus. Ele queria partir para as ilhas da Salvação.

— Planchon, você abandonaria minha bela equipe? Você desertaria no momento em que mais precisamos de você?

Ela lhe prometeu uma estrela a mais no seu traje de gala e a fita dourada que recompensava, dentro do palácio do governador, os serviços difíceis. Ele ficaria, desde que fosse desobrigado de cuidar de Chrétienne. Sugeriu que, por segurança, ela ficasse doravante retida dentro do presídio. Adeus Pepita.

— Judas — ela berrou-lhe com todas as suas forças quando ele passou por perto.

19

Ela se virava sozinha. De manhã, enfiava sobre a ceroula que lhe servia como vestimenta noturna o vestido da véspera que jazia ao pé da cama. Um amontoado de organdi enfraquecido, murcho, amolecido, amarrotado que ninguém mais cuidava. Ao fim de uma utilização selvagem seguida de sólidas lavagens dentro de uma máquina de lavar que fazia ferver toda a roupa de enfermaria, o vestido se desfazia em farrapos, com seus botões arrancados que eram substituídos por alfinetes de fralda.

— Quem me penteia? — indagava ela aos presidiários que esperavam na cozinha em volta de uma vasilha de café-com-leite escurecida pela fumaça.

Para Chrétienne, era importante que a operação fosse feita antes de seus pais se levantarem para aparecer limpa à mesa do café da manhã e assim evitar as reflexões desagradáveis do governador. Um penteado bem feito com as tranças apertadas davam ao seu rosto um aspecto fresco e asseado. Senão, com os cabelos desgrenhados, tufos de cachos escapando de suas tranças, a sujeira aparecia, velha de vários dias.

— Desde quando ELA não se lava? — perguntava o governador?

— Quem me penteia?

Ela ia de um a outro, apresentando a escova e camuflando o pente, esperando que eles a penteassem suavemente, que passasse por cima dos nós, que não lhe machucassem a cabeça. Eles não queriam vê-la. Estavam bem entre si, agachados em volta da vasilha com suas canecas de ferro entre os dedos, cozinhando o porre da véspera, digerindo seus pesadelos, dormindo ainda um pouco dentro da cabeça, apertados ombro a ombro, renascendo lentamente para o dia já claro. Eles a repeliam.

— Eu não sei.
— Peça a Planchon.
— Me deixa em paz.
— Agora não é hora.

E depois, havia um, que nunca era o mesmo, que cedia.

— Venha então, senhorita.

As técnicas mudavam conforme o cabeleireiro, mas eram todas rudes, as mãos espessas, os dedos rígidos, as unhas duras. Eles a cerravam entre as coxas, apertavam-na contra o peito que cheirava ao suor, à madeira verde, à fumaça e ao rum. Eles desfaziam seus cabelos, os espalhavam pelas costas, os estendiam para traçar com a extremidade de uma unha afiada como um punhal a longa linha mediana que ia da testa até a nuca, com tanta destreza e rapidez como se tivessem querido lhe cortar o crânio em dois. Eles reclamavam que ela estivesse com os cabelos embaraçados e que, naquelas condições, ficava impossível efetuar as tranças.

— Por favor — suplicava ela.
— Vá buscar um pente.
— Eu o perdi.

Eles lhe mostravam seus dedos que se contraíam como garras. As patas erguidas, eles eram leões, tigres, ursos que escarravam de cólera.

— Vamos te pentear com isso então?

Ela oferecia o pente.

— Mentirosa.
— Isso não é nada bonito.
— No seu lugar, eu teria vergonha.

E, como seu queixo tremia porque tinha dificuldade para dissipar sua culpa, havia sempre um que se rendia.

— Venha cá, senhorita, vou fazer isso para você.
— Então apertado — exigia ela —, e bem para trás.
— E o que mais ainda? — o homem protestava — não é você que faz a lei! Eu te penteio como eu quiser, ou então você faz sozinha — e ele retirava bruscamente o pente.

Ela se rendia, repentinamente servil, levando aos seus lábios a mão ignóbil que agitava o pente. Depois era preciso encontrar algo para amarrar as tranças, elásticos partidos, um pedaço de fio, um alfinete torto, um fragmento do vestido, já que estava rasgado...

São João levantava-se, espreguiçava-se, braços e pernas esticados.

— Cinco para as seis, senhores, o café de Sua Santidade.
— E o chá da Madre em Nome de Deus — continuava o resto do grupo enfiando as jaquetas cheias de condecorações.

A sessão de penteado deixava olheiras em Chrétienne e enchiam, à força de tentar conter as lágrimas, pequenas estrias vermelhas dentro dos seus olhos.

— Você está com conjuntivite? — lhe perguntava sua mãe. Ela aquiescia. Seus cabelos lhe davam conjuntivite.

— Será que não poderiam me cortar os cabelos? — perguntava ela assoprando o leite para enrugar a sua superfície.

— ELA já não se acha feia o bastante desse jeito? — interrogava o governador à guisa de cumprimento.

— Mas você está muito bem assim — afirmava a Madre de Deus com todas as suas forças reunidas em seu entusiasmo matinal. — Você está se virando muito bem. O que eu te dizia? É uma lição a se aprender!

Atrás deles, os verdugos, em seus uniformes de fantasia, deslizavam silenciosamente.

São João perguntava obsequiosamente:

— A senhora quer mais chá?

— Deseja, São João. A senhora "deseja" um pouco mais de chá?

E depois, percebendo que ela falava a um padre que àquela hora deveria oficiar a missa em vez de lhe servir o chá, transtornada pelo disparate do seu comentário, perdendo de uma vez seu entusiasmo, suas forças e sua vontade:

— Pode deixar, São João, deixe o bule sobre a mesa. Eu me servirei sozinha.

20

Chrétienne, com a boca cheia de leite e pão com manteiga, se apressava para ir cuspir atrás do palácio do governador, numa área de sombras e ângulos mortos na qual ela não era a única a usar como escoadouro. A mistura amarronzada se dissolvia dentro da terra ao mesmo tempo em que surgia uma coluna de formigas chifrudas e translúcidas, que em ruidosa excitação limpavam o local mais rapidamente do que se tivesse acionado uma descarga. Chrétienne experimentava uma certa volúpia, acreditando estar assim alimentando a terra, como o pássaro que regurgita dentro do bico dos seus filhotes. Ela via na impaciência das formigas a mesma fome dos passarinhos, gostava que a comida que lhes trazia tivesse sido misturada dentro da sua boca, mastigada pelos seus dentes, dissolvida pela sua saliva. Aprazia-lhe pensar que ela fabricava um néctar saboroso que aquela espécie de formigas adorava. Ela as tinha cativado, tinha se tornado a dona delas.

Em qualquer lugar em que estivesse, bastaria ela cuspir no chão para vê-las aparecer tão numerosas, ardentes e eficazes quanto exigia a tarefa a ser cumprida. Elas eram, ao mesmo tempo o gênio e a lâmpada, habilidosas, virulentas, rápidas no trabalho, ansiosas para realizá-lo completamente, excepcionais rematadoras. E pensar que ela tinha à sua disposição essas milhares de auxiliares impacientes, eficientes e generosas, dava à Chrétienne um sentimento de poder combinado à convicção de que, assim protegida, nada poderia lhe acontecer.

Ao longe, São João a chamava. Ele gritava como um camelô que quer atrair o freguês.

— Ditado, gramática, verbos, análise lógica.

Ela não respondia.

— História, geografia, lição das coisas.

Ela ainda não respondia.

— Catecismo, moral, instrução cívica.

Ela dava de ombros.

Então, à beira da varanda, o torso nu, ele berrava em direção ao largo, ao sol e ao mar:

— *Allons Enfants De La Patrie, Le Jour De Gloire Est Arrivé...* Tiranos Metam-se No Caixão.

Sem dar a menor importância, ela se dirigia rumo à praia, se tal nome pode designar um entulho de rochedos negros sobre os quais havia tombado uma parte da muralha de vedação, uma enseada de areia imunda que os presidiários, em meio ao odor da vazante, tinham escolhido como latrina. Ela procurava entre os rochedos, sobre a areia viscosa, peixes encalhados. Cheios de terra e colantes, eles se fundiam à lama, mas ela os achava pelas bolhas que estouravam na superfície. Tinha imaginado poder curá-los num hospital de peixes, antes de devolvê-los ao mar.

Ela os reagrupava dentro de uma pequena bacia que tinha construído perto da água com pedrinhas e conchas reforçadas por todo tipo de escombros encalhados sobre a praia. Incansavelmente, ela ia até o mar encher uma lata enferrujada de sardinha que achara por ali e derramava seu medíocre conteúdo dentro da bacia, sem conseguir manter um nível de água suficiente. A respiração cortada, oprimida pelo calor, esmagada por toda aquela umidade que não se dissolvia, ela acabava por se sentar e observava os peixes, aqueles que tentavam passar por cima da borda, aqueles que cavavam um buraco para fugir e todos os demais que passavam uns por cima dos outros num enorme amálgama visguento.

Eles eram infatigáveis, tinham uma fome constante e se comiam uns aos outros. Ela se sentia na obrigação de pôr um pouco de ordem, um simulacro de lei e de direito naquele universo impiedoso. Com um pedaço de pau, ela apertava os ventres dos grandes para que eles restituíssem os pequenos que, agitando-se com a vitalidade recuperada, se punham logo a devorar aqueles que os tinham devorado, arrancando um pedaço do rabo, rasgando uma boca, talhando um flanco, um ventre. Era um verdadeiro hospital, havia ali trabalho até não poder mais. Chrétienne copiava o gesto da lassidão da Madre de Deus quando o cansaço se abatia sobre ela — assim é demais — deixava cair os braços ao longo do corpo antes de se recompor novamente. Ela juntava as mãos e pedia que Deus viesse socorrê-la e realizar através dela aquilo que seu corpo esgotado não conseguia mais fazer.

Era então que o cão chegava. Todos os dias, na mesma hora, ele descia do aterro da muralha de vedação, contornava o amontoado de pedras espalhadas, passava perto de Chrétienne sem se manifestar e seguia diretamente para o mar, onde se comportava como um carro anfíbio atravessando um rio. Sua mecânica robusta, possante e lenta conduzia-o 25 m ao largo, 50 m para o lado, depois voltava com o focinho apontado para as margens, o rabo erguido à guisa de leme. Ele alcançava a terra e, retomando o fôlego, invertia as máquinas, recolocava no ponto sua mecânica terrestre, a que acionava as patas, e tornava a partir como tinha vindo, sem um olhar, sem abanar uma vez o rabo para Chrétienne que o chamava.

— Você está pensando que é o quê? Pretensioso! — E, no caso de ele não o saber: — Você não passa de um cachorro preto!

Sem cães, sem amigos, solidão.

Diante dela começava o infinito, uma imensidão marrom perturbada por uma magnitude leitosa. O céu coagulado nadava sobre um caldo moreno que ganhava do sol reflexos violáceos. O calor subia do solo com uma virulência de estufa que a envolvia com um véu úmido fazendo brilhar o seu corpo. Ela derretia sobre a praia, se dissolvia num turbilhão de lodo, de vapor, de secreções, como numa digestão universal. Ela batia cada vez mais debilmente sobre os peixes cujas peles descoloriam dentro das poças ressecadas. E deixava que se realizasse, como um derradeiro hino às suas vidas bárbaras, aquela frenética devoração.

Aquilo realmente a enojava e ela sonhava com os animais circenses, leves, rápidos e astutos, cachorrinhos brancos bem enfeitados que saltavam dentro das rodas de laços e flores, focas zombadoras que equilibravam bolas de todas as cores sobre a ponta do nariz, macacos em vestidos dourados que encenavam *A Bela adormecida*, anões que pulavam vestidos em trajes de cetim vermelho. No caminho que ela tomava para ir até a enfermaria do entreposto, ela só encontrava uma iguana cinza que arrepiava sua crista espinhosa, um sapo inchado de baba e de lágrimas, uma serpente que abandonava sua pele presa à cabeça. O capitel do circo que erguia num céu festivo seus leves humores, sua música estava bem longe, aqui tudo se arrastava na terra, metade solto, metade enterrado, não verdadeiramente exposto, não verdadeiramente nascido, já morto, e ela sentia uma profunda tristeza que se confundia com a dor de cabeça que crescia atrás dos olhos e que tinha lhe dado a idéia de pedir um comprimido de aspirina.

21

Davam-lhe um grande comprimido branco que ela devia cortar em quatro antes de poder engoli-lo. Ela sentia seus ângulos agudos que machucavam sua garganta e que traçavam pescoço abaixo um trajeto dilacerante. Quando ele tinha tempo, Dédé, o chefe que se vangloriava de ser o único presidiário condenado à dupla perpetuidade, o esmagava entre duas colheres para ela e o adoçava com um pouco de açúcar. Nessa época, a aspirina fazia mal, o quinino era amargo e o álcool queimava.

A sombra lhe fazia bem. Ela ficava num canto da sala de curativos esperando que a dor torturante que entalhava seu crânio em volta do olho direito se dissipasse. Ela assistia à aplicação de curativos sobre as chagas, as que se faziam sobre os pés, sobre as mãos que se estendiam em queimaduras rosadas; as dos cotovelos e dos joelhos que escavavam crateras purulentas; as dos olhos que encobriam o olhar sob crostas; e depois todas as outras que, sobre o peito e sobre a barriga, desenhavam figuras imprecisas que os enfermeiros não reconheciam e aguardavam o diagnóstico de um médico que não chegava.

Os que chegavam repentinamente não eram surpresa. Acostumados a espremer as bolhas vermelhas das solitárias ou a estourar a pele morta deixada pelo carrapato, os enfermeiros chamavam, conforme sua especialidade e sua competência:

— Por aqui, o carrapato!

— Tem algum bicho-do-pé aí?

Cristiana os observava operar com gestos minuciosos e uma destreza de prestidigitadores. Hábeis ao cortar na polpa de um dedo do pé a gangrena de um carrapato que eles extraíam em um segundo; precisos ao enrolar sem partir os bichos-do-pé, receando que ao se retrair eles se aprofundassem mais sob a pele para só ressurgir tarde demais, após terem talhado através dos órgãos vitais seu trajeto sangrento. Chrétienne vigiava aquilo bem de perto. Ah! não se podia dizer que ela não era corajosa! Somente que ficava com as bochechas avermelhadas e, ainda, com dor de cabeça.

— Pronto — gritava um enfermeiro vitorioso levantando-se bruscamente e mostrando sua presa ao resto do grupo.

Carrapatos e bichos-do-pé, bichos-do-pé e carrapatos, mas também furúnculos e abcessos, mordidas de ratos e queimaduras de lacraias. É a vez de quem?

— Isso não dói — dizia o paciente a Chrétienne para mostrar sua coragem.

— Você vai ver — ameaçava o enfermeiro e, para fazer rir, ele mostrava uma faca de abatedouro ou uma chave de fenda.

E o paciente, vendo o sucesso de suas palhaçadas, fingia chorar e berrar.

— Vocês são bobos — dizia Chrétienne dando com os ombros.

Ela adorava ficar entre eles, eles eram gentis. Enfraquecidos, desonrados, espancados, os presidiários pareciam desenervados, como se lhes tivessem extraído os tendões. Não passavam de grandes espantalhos inofensivos, navios sem mastros, búfalos com chifres roídos, serpentes desdentadas. Debilitando-os, a febre e os ferimentos lhes davam novamente uma identidade humana. Foi dentro dessa sala de curativos que um doente de malária a tinha agarrado e apertado tão forte que a febre lhe atravessou o corpo em ardentes descargas; que um coxo tinha tocado como um ex-voto seu pé descalço e que um outro lhe tinha beliscado a bochecha chamando-a de "pedacinho de presunto". Isso demonstrava o fervor que ela suscitava.

Ela se vangloriava no meio de tudo isso, se gabava da sua dor, falava da sua enxaqueca que podia, a qualquer momento, conforme o interlocutor, transformar-se em epilepsia ou em clorose. EPILEPSIA E CLOROSE da cabeça, se a pessoa não mostrasse suficiente admiração. Ela contava que seus pais não eram seus verdadeiros pais, que eles a tinham comprado num circo que apresentava monstros ao público. Seu nome era Pepita, já tinha tido um filho e podia prever o futuro. Ela os provocava afirmando que possuía ainda o poder de ler a sorte. Supersticiosos, eles não queriam geralmente conhecê-la mas se, por acaso, um ou outro lhe dava a mão, ela predizia calamidades, doença e morte. E não se enganava.

Era assim que ela escutava as mais belas histórias do presídio, as mais atrozes. A febre amplificava em esplêndidos pesadelos os sonhos de evasão, ela exagerava impossibilidade até as raias do sobrenatural. As aranhas grandes como lampiões de rua, pretas por cima — rosa embaixo — teciam entre as árvores teias imensas que apanhavam os homens feito moscas. Os pássaros, imitando a voz humana, faziam os fugitivos se perderem dentro da selva. Todo tubarão pescado tinha uma criança dentro da barriga. As piranhas fervilhavam em volta das jangadas da felicidade, que os jacarés levantavam com um simples golpe do dorso. As formigas vermelhas devoravam os caçadores tão rapidamente que, quando os reencontravam, seus esqueletos, fuzil à mão, estavam ainda em prontidão. Os fugitivos que tinham comido seus companheiros de infortúnios e os que durante um ano tinham andado em círculos dentro da floresta, refazendo os próprios passos que eles não reconheciam mais.

— Mais...

Todos eles repetiam os relatos sobre os caçadores de ouro. Aqueles que o tinham achado aos milhões e que tudo perderam no decorrer de um percurso extenuante através da selva. A poeira do ouro escorrendo de suas mochilas deixava atrás deles uma pista brilhante que os indicava aos inimigos. Eles matavam-se uns aos outros, até o último que raspava a terra em volta dos cadáveres mas que era estrangulado na fronteira pelo barqueiro da última piroga. Ao morrer, seus dedos crispados relaxavam e o assassino, fora de si, via o ouro, ou o que dele restava, sendo engolido pelo rio, arrastado pela correnteza.

— Mais...

Havia os bordéis de Caracas e as moças quase brancas que balançavam os véus vermelhos e pretos de seus vestidos como se fossem leques. O jogo, as cartas, os dados e, sempre, o álcool. Um comércio de conchas de tartaruga, o contrabando de cigarros, um negócio de esmeraldas no Brasil, momentos venturosos que desapareciam quando a moça com quem se passava a noite se mandava com a grana e a dentadura de 32 dentes de ouro mergulhada dentro de um copo sobre a mesa de cabeceira.

— Mais...

Um chinês que tinha armado um negócio de borboletas tão próspero que ele empregava uma dezena de presidiários, que procuravam para ele os exemplares mais raros. Um chinês que fazia de tudo na França. Ele tinha decidido que as mulheres usariam chapéu de plumas, caudas negras, rosas verdes, colares de colibri.

— É o Tang? — perguntou ela como num sonho.

22

No fundo da enfermaria, havia um cômodo, o território particular de Dédé, cuja porta era mantida fechada. As pessoas entravam curvadas, um raminho entre os dentes — uma técnica como outra qualquer para suportar a dor —, depois saíam sobre macas que eram colocadas diretamente no chão enquanto recobravam os sentidos, o que se notava através de um ruído rouco e acentuado que interrompia todos os sonhos. Os pacientes da sala de curativos, todos com bichos-do-pé e carrapatos, todos que sentiam muito calor ou muito frio trincavam os dentes junto com o ferido que lutava contra a dor. O primeiro grito rompia a barragem, em seguida era uma avalancha de blasfêmias, uma torrente de suplícios ou um rio de lágrimas. Por vezes, o silêncio se eternizava. A dor não havia voltado, o homem tinha partido com ela no seu grande cavalo negro de língua vermelha, aquele que voa por cima das florestas e que nada no fundo dos oceanos, e os sonhos de todos os acorrentados o acompanhavam em seu caminho. Isso permitia que se abstraíssem do mundo, eles gostavam de seguir juntos pela estrada.

Retomava-se o jogo de damas com o ruído seco e rápido das ferraduras do cavalo negro que vibravam sobre as casas brancas. Cantavam-se canções do presídio que falavam da honra perdida, da felicidade desaparecida, do país esquecido, dos filhos pródigos, das mulheres infiéis, dos oficiais injustos, da guerra cruel. Rezava-se para santos desconhecidos, inventavam-se outros. Criava-se um Deus só para si. Ficavam tristes e Chrétienne chorava um pouco, apenas pela harmonia. Dédé a consolava fazendo com que lambesse o comprimido açucarado de um medicamento amargo. Ele lhe dava algodão para secar as lágrimas.

— Agora seus olhos estão azuis-celestes —, dizia ele.
— Não — retrucava ela —, azuis ferozes.
— O que é isso?
— Azul feroz, com sangue dentro.

Depois a marmita chegava e se falava de outra coisa: a comida ruim, a sopa azeda, o pão podre, a gordura rançosa. Ela sentia-se bem, adormecida sobre um banco, embaixo de uma mesa, mas a maioria das vezes eles a pegavam no colo, sobre os joelhos, espantavam as moscas que pousavam sobre seu rosto. Lá no palácio não se preocupavam, sabiam que ela estava em boas mãos.

Depois de fechar a enfermaria, Dédé a acompanhava. Eles andavam rapidamente pelo caminho da ronda, apressados pelo sol que havia iniciado sua corrida desordenada atrás das ilhas que, uma após a outra, o devolviam ao céu. Eles corriam para o reencontrar atrás de uma enseada antes de perdê-lo dentro do pântano. Suas silhuetas calcinadas se recortavam sobre o céu incendiado e a luz vermelha inflamava seus cabelos. Se chegavam um pouco mais cedo, eles aguardavam no cais do porto e contavam as barbatanas dos tubarões que a luz rasante aumentava como velas negras no momento em que o sol subia repentinamente no céu, crescia a olhos vistos e caía inteiramente dentro da água onde explodia num jato de luz, de flamas e de fumaça.

O céu, que afundava dentro do oceano, retornava num imenso naufrágio à fusão original que levantava o mar vermelho, cujas brumas sangrentas já manchavam o avental do enfermeiro. E Chrétienne, tremendo, via aparecer dentro da onda vermelha que cobria o sol, dentro das nuvens púrpuras que se despedaçavam no mar, o anjo extenuado, escorchado e sangrento que anunciava, noite após noite, seu Apocalipse.

Foi no pôr-do-sol que ele tinha tomado a sua mão, que ela tinha tentado inicialmente proteger escondendo-a atrás das costas, persuadida de que era para verificar se estava limpa. Ela dobrava seus dedos, oferecendo apenas um punho fechado. Mas Dédé não tinha reparado nem a terra, nem a seiva viscosa. Ele descerrou-lhe os dedos um por um cantando:

— No jardinzinho, tem um coelhinho...

A palma da mão aberta, a menina não sabia que podia haver tanta delicadeza no mundo. Ela iria repetir freqüentemente a canção, a ponto de, curvada sobre a própria mão, parecer idiota. Ela lhe falou dos anões. Ele lhe confirmou a existência de Tang. Prometeu-lhe trazê-lo um dia, quando voltasse da floresta, com as caixas cheias de borboletas. Como se fixam as belas imagens? Como o coração reconhece aquelas que permanecem? Num oceano de lama e de infelicidade, no meio de lágrimas e de gritos, estas lhe haviam sido dadas e lhe haviam salvado a vida.

23

À mesa, o governador presidia. A Madre de Deus e Cristiana se instalavam cada uma do seu lado. Os domésticos se alinhavam ao longo da parede e o ordenança mantinha-se atrás do governador. Uma vez feita a oração, começava-se engolindo o quinino.

— ELA NÃO ESTÁ MUITO FEIA? — perguntou o governador à sua mulher referindo-se a Chrétienne.

Ele acentuava as duas últimas palavras quando, habitualmente, isolava apenas as mais cruéis, ou as mais vexatórias.

— Seus traços não são GROSSEIROS DEMAIS? — Ele apontava com sua mão uma intumescência que se situava entre o nariz e o queixo... ESPESSOS DEMAIS?

Não havia naqueles modos senão naturalidade na maneira de exprimir do governador, e não unicamente com a sua filha, mas com todas as pessoas estranhas, às quais ele se dirigia apenas através de uma terceira pessoa, em geral sua mulher, ou, na falta dela, de seu ordenança como se tivesse necessidade de um guia para ver aquilo que o rodeava. Ele tinha guardado seus hábitos de cego. Não se deve acreditar que o ordenança fazia figuração, que ele não era senão um peão atrás dele. Bastava ver a atividade dramática que empregava no decorrer da refeição, ocupado unicamente com o prato do governador. Quente demais, frio demais, muito malpassado, as espinhas do peixe, os ossos da carne, a casca da fruta, um coágulo no molho, pouco sal, SALGADO DEMAIS. O ordenança se precipitava, retirava o prato, substituía-o, enxugava a borda de um copo, colocava uma faca no lugar, apanhava o guardanapo e, quando havia uma mancha... Ah! quando havia uma mancha! Estava-se sempre à beira de um drama, e o ordenança, através de seus inquietos cuidados, o evitava na hora. Sem ele, é certo, o governador se deixaria morrer de fome.

Sob cuidados, com a garantia de que seu prato não oferecia nem obstáculos, nem armadilhas e que podia comer tranqüilo, ele dirigia à sua mulher aflitas interrogações sobre a morfologia das senhoras da colônia que ele achava todas disformes. Será que..., ele dizia o nome da pessoa e depois observava a suposta monstruosidade com um trejeito de desgosto. Unindo o gesto à palavra, ele indicava com a mão onde se encontrava a desgraça, retirando-a imediatamente como se tivesse tocado a sua vítima no nariz, na boca, na barriga, ou nos seios.

Ele detestava as mulheres, ou melhor, detestava que qualquer forma de desejo ou concupiscência pousasse sobre si.

Sentia-se profanado. Apesar de sua cara deformada, e talvez justamente por causa dela, ele era tragicamente belo e as mulheres bebiam ingenuamente daquele mel, deduzindo que todo homem desejável ama o amor. Ele era um homem desagradável que odiava o amor. Daí extraía essas odiosas e mesquinhas condenações que a Madre de Deus, fazendo notar seu engano e a repô-lo no bom caminho, fingia não compreender. Ele semeava atrás de si cacos de garrafas onde ele gostaria que suas admiradoras se fizessem sangrar os pés. À sua filha, ele não reservava outro tratamento, atenuado pelo fato de ela não possuir seios mas apenas um metro e pouco de feminilidade e, ele o sentia, que ela não gostava muito dele.

Sete horas, à mesa; sete e trinta, estava terminado; oito horas, extinguia-se o fogo. Assim tinha decidido o governador. Ele sentia um desprezo fundamental por aqueles que se deitavam tarde e, conseqüentemente, levantavam-se tarde. O mesmo tipo de desprezo envolvia os homens com menos de um metro e oitenta, todos os indivíduos que bebiam vinho tinto e usavam *shorts* nos trópicos. Os carecas com bigodes o enchiam de uma alegria amarga como sendo a forma mais requintada da mediocridade masculina. Ao contrário, vê-se aproximadamente com o que podia assemelhar-se, apesar de suas mutilações, o governador do presídio da Caiena que, por sinal, decretava de bom grado que a beleza do chefe era um trunfo para comandar os homens. E por ter arruinado tantos deles, ele era soberbo.

É preciso dizer também como ele tratava com altivez uma população de funcionários que reunia naturalmente as características infamatórias: uma altura bem inferior à média, um gosto incontido pela garrafa e *shorts* demasiadamente curtos sobre coxas fartas que se avermelhavam ao sol. Ele não gostava de ninguém e ninguém gostava dele. Incomodava e era detestado. Seus modos de cavaleiro errante, de cruzado louco, aquela postura orgulhosa lhe atraíam fervorosas aversões que abrandam o desprezo. Seus subordinados esperavam um homem assustador que controlaria o presídio com uma mão de ferro. Tinham saudado com esperança o açougueiro de Ypres. Ele não era sequer um herói, mas um indivíduo importuno e eles ficaram terrivelmente decepcionados.

O governador detestava aquele presídio, mas detestava também cada um dos presídios daquela terra perdida. Detestava São Lourenço, São Luiz, São Maurício, detestava São João, Santa Maria, Santo Agostinho, São Filipe. Ele detestava as ilhas da Salvação. Acostumado à ação, não suportava o moroso aniquilamento do presídio, o apodrecimento dos homens. Era um valente que tinha desposado uma santa da Idade Média, eles tinham fugido dos tempos modernos, mas a pré-história, tal como tinha se congelado sobre aquela terra perdida, os aterrorizava como se só coubesse a eles humanizar aquilo tudo, cultivar as florestas primitivas assim como os corações dos rudes. Eles talvez pensassem em uma espécie de Arca de Noé onde, dois a dois, os nomeando, animais, homens e plantas, eles pudessem contabilizar o imenso magma da vida, o atroz emaranhamento das espécies, a confusão das almas. Habituado à vitória, o governador não conquistava mais nada. A guerra contra o crime se atolava. Por todo lugar onde ele tinha feito com que o arrancasse, o mato tinha voltado a crescer, por todo lugar onde ele tinha feito com que a abatesse, a floresta retornava e, com isso, a incontida degradação dos seres que não sabiam mais quem eram, de onde viam e porque tinham encalhado ali.

À força de disfarçar seus crimes, de clamar sua inocência, de mentir ou simplesmente sonhar, os presidiários não eram mais do que a doença, a miséria, a prostração, a injustiça, o desespero e, por fim, a morte. Aniquilamento por aniquilamento, em sua atroz decepção, como na cólera, o governador teria arruinado a terra. Ele hesitava quanto aos meios, o fogo de Gomorra, a água do dilúvio. Algumas centenas de mortos não teriam feito diferença. Tinha perdido seus companheiros, só lhe restava a máscara. Mais do que o ódio, tinha a retificação no olhar.

Em pé diante da janela, dando as costas à cidade e, atrás da cidade, à floresta, ele olhava o mar na sua infinitude lodacenta. Foi quando lhe veio a idéia de desencalhar a chalupa apodrecida que se tinha deixado ficar na vazante da maré e que, com o passar das monções, as marés haviam aterrado. Ele iniciou uma grande operação de desencalhe que exigia a maior parte da população carcerária numa tarefa que ficou nas memórias como o pior dos trabalhos forçados que os homens jamais tinham realizado ali. Eles cavavam com seus dedos e depositavam a lama com as mãos dentro de cestos trançados que a deixavam escapar. Eles retiraram a lama do Amazonas e a lama do Oiapoque, a lama do Apruague e a lama do Comté, eles dragaram a lama dos pântanos e do lodaçal. Mas limpavam a lama de Verdun e a lama de Ypres, eles levantavam a lama do mundo e a lama do céu.

O governador, branco no céu branco, seu mapa imaculado na mão, observava os homens nus cobertos com aquela lama viscosa na qual eles cavavam buracos para os olhos, o nariz e a boca, ele lembrava-se da lama das trincheiras e dos soldados como estátuas de calcário que é preciso rachar para devolver-lhes um rosto. Ele não sentia piedade. Apenas aquele ódio que tinha pela lama e o desejo de ver reerguer o barco, de inflar suas velas.

Ele o batizou de *Marie-Lise,* como o nome da brisa que se levanta em Caiena ao final da estação das chuvas e que resseca a atmosfera permitindo que as nuvens se dispersem, que o céu se descubra, que o sol se propague. Esperava-se a *Marie-Lise* como uma libertação. Ao vento, *Marie-Lise* içava suas velas com o voluptuoso desabrochar de uma cacatua que eriça seu penacho. Nesse pássaro, cada pluma torna-se uma pétala, no barco, cada vela tornava-se uma pluma que se matizava de rosa ou de amarelo. Ao largo, sobre o mar sombrio, o *Marie-Lise* dizia com sua crista levantada que ele partiria ou, se desfolhando, que ficaria.

Como para o pássaro, o desdobramento das velas não durava mais que o tempo de um arrepio, assim era o desejo de partir do governador. Ele sentia o vento que inflava as velas, ele escutava entre as adriças estendidas aquele rumor de viagem, porém o lodaçal ainda imobilizava a quilha. Esgotado por toda aquela força retida, ele ia se fechar durante a noite dentro do seu cômodo de forros preciosos que não passava de uma caixa de odores ou, tomado por uma espécie de remorso que o mantinha vivo, ele comandava sua embarcação e os presidiários vestidos de vermelho o levavam de volta à costa.

24

As coisas não iam melhores para o lado da Madre de Deus. Podia-se ver, ela não estava ali, apenas se aplicava refazendo os gestos cotidianos. Na estagnação precipitada da sua voz, no sopro que extenuava suas palavras, sentia-se um nervosismo que ela se esforçava para conter e que escapava agora que estava sentada diante deles. Talvez duvidasse que o mundo fosse assim tão bom quanto ela teria querido, não duvidava disso por causa do projeto divino, mas em relação ao diagnóstico entusiasta que tinha colocado, sem os conhecer, nos seres e nas coisas. Numa palavra, a Madre de Deus duvidava de si mesma de sete horas às sete e trinta, o período do jantar, um pouco antes da oração coletiva quando se davam o beijo da paz, e principalmente até a hora do grão de ópio que a ajudava a dormir.

Suas aversões eram menos radicais do que as do governador, mas se as forçasse um pouco, ela lhes daria o nome de burguesas. Por muito tempo, Chrétienne acreditara que BURGUÊS era um insulto, pelo menos um pecado capital, que se aplicava às mulheres que tratavam mal seus criados, lisonjeavam seus filhos, tratavam por tu seus maridos, construíam castelos no ar, possuíam apartamentos em Paris. Na sua família, a que usava a chibata, não se sabia sequer que a palavra APARTAMENTO existia. Ela chocava particularmente porque continha o verbo *appartenir** e toda forma de possessão lhes parecia vergonhosa. Mas era menos pela distância que a Madre de Deus tinha estabelecido imediatamente em relação à comunidade feminina de Caiena, sua recusa de participar de todos os pequenos prazeres daquela sociedade — torneio de bridge, sarau de poesia, Jockey Club — que fizeram com que fosse rapidamente rejeitada, do que a prática intempestiva da cirurgia que colocou os médicos contra ela. O fato de se chamar FULANA não lhe dava por isso o direito de praticar sem um diploma. Ao que ela respondia que a guerra havia sido sua escola e o campo de batalha sua mesa de operações.

Como o governador tinha se dedicado ao seu barco, a Madre de Deus teve de abandonar o hospital, onde no entanto ela tinha começado a trabalhar, ou seja a simples enfermaria do entreposto que dependia de um médico militar rabugento que não tinha por aquela velha ranheta uma grande estima. Ela tratava, em locais ermos, de doenças incuráveis. No de-

---

*Pertencer, em francês. NT.

correr de intermináveis visitas médicas, ela ensinava na floresta as primeiras noções de higiene aos índios enfraquecidos pelo álcool.

Ela se instalou nos canteiros onde os presidiários realizavam seus trabalhos forçados de desflorestamento. Lá, todos os homens estavam contaminados, tremiam de febre e suas feridas infeccionavam. Nunca havia tempo para levá-los de volta, eles morriam na estrada, 10 km a pé e já se tinha dez mortos. Ela operava ali mesmo e passava as noites dentro de uma cabana aberta à vista de todos, exposta a todos os riscos. Mas de lá também a tinham expulsado, aquilo não era lugar para ela. Não via mais salvação senão na lepra e nem outra paragem que não fosse entre os leprosos. E encontrar-se de algum modo constrangida a realizar aquilo a que tinha se destinado, e ser finalmente levada em direção aos leprosos pela força do destino e pela vontade de Deus a enchia de uma espécie de contentamento que perturbava seu espírito.

O governador, como a Madre de Deus, tinha rapidamente liquidado as relações com o clero local que se anunciavam entretanto sob os melhores auspícios. Sua fé profunda, sua devoção absoluta à causa dos pobres, os votos que tinham pronunciado, sem contar o irmão da senhora, um prelado com a cabeça coberta com um chapéu vermelho, deveriam ter sido o bastante para serem eleitos pela comunidade católica de Caiena. No entanto, não foi bem assim e isso devido a uma mútua rejeição. O governador reprovava o capelão do presídio por ser cúmplice de uma administração podre e os missionários da paróquia por SEU INFECTO MATERIALISMO. O clero não encontrava no governador a família acolhedora que é o verdadeiro lar dos padres. Sua austeridade radical estragava seus domingos, sem contar as pretensões intelectuais do governa-

dor que citava sempre que tinha oportunidade os padres da Igreja. Eles falavam mesmo, entre si, de um MONSTRUOSO orgulho. A Madre de Deus aceitava tudo no mundo, mas não o orgulho. Havia orgulho em vir a Caiena cuidar da saúde dos presidiários? De se colocar a serviço deles, de os acolher, de salvá-los? Sim, disseram os padres, pois uma pessoa verdadeiramente humilde não teria tido a ambição de afrontar a ordem do mundo e querer, sozinha, reparar a injustiça de Deus.
No papel azul de cartas sobre o qual o bolor se espalhava gordurosamente, ela não sabia mais o que escrever para sua família. Muda, no seu interior os clarins tinham se calado, não havia mais espaço para a glória, a felicidade ou a alegria. Ela girava em torno da sua idéia fixa com tanta obstinação quanto na época em que tinha 15 anos e não existiam a guerra, o governador e Chrétienne. Eu quero ficar leprosa.

A cidade transbordava de leprosos, porém ninguém falava sobre isso, ficava no segredo das casas, a chaga maldita que se tratava em família. A lepra atacava ao acaso os ricos como os pobres, os brancos como os negros. Ela ficava muito tempo incubada dentro dos corpos para aparecer um dia na forma de uma mancha insensível. Ao primeiro sinal, à primeira mácula, o médico assinava a declaração de contagioso e então, irreversivelmente, entre dois policiais, ia-se para a ilha dos leprosos. A epidemia causava dramas tão terríveis que ela devia permanecer escondida. A suspeita atingia todo mundo e acertava-se as contas através de cartas anônimas. Enquanto eram apresentáveis, os leprosos levavam uma vida comum na qual se distraíam, tomados de um frenesi raivoso, freqüentando à noite os locais sórdidos onde seu suor condensado sob o teto de chapa de ferro dos *dancings* se espalhava sobre o público. De manhã, eles iam se confessar na primeira missa e retomavam seus lugares atrás dos balcões onde distribuíam cédulas infectadas.

Quando a doença tinha feito seus estragos sobre o rosto deformado e o corpo desconjuntado, eles eram guardados no fundo do pátio, dentro de quartos fechados. Para que pudessem tomar ar, só os deixavam sair à noite. Sob as amendoeiras da praça pública, percebia-se aquelas sombras vacilantes se dissimulando umas atrás das outras. Foi ali que a Madre de Deus primeiro ofereceu seus serviços. Ela entrava à noite nas casas e prestava os cuidados que ninguém podia mais oferecer. Durante toda a noite, ela examinava, ela curetava, ela amputava.

Ao alvorecer, ela entrava dentro da catedral pela porta de Nossa Senhora das Dores e tocava furtivamente nas chagas avermelhadas de um Cristo no túmulo. Os leprosos eram mais numerosos lá do que em qualquer outro lugar, ela os sentia apertando-se junto a ela, cheios de culpa, envergonhados e aterrorizados. Ela levantava seu vestido para arranhar os joelhos sobre as madeiras um pouco esquadriadas do descanso para os pés, esfregava longamente seus braços sobre o encosto do genuflexório e quando sua pele tinha adquirido a marca do mal ela apertava a cabeça entre suas mãos úmidas.

Chrétienne sabia que a contagem regressiva havia começado e seus pais seguiam em direção a um destino onde não existia lugar para ela. Tinha pensado que a sua simples presença ainda os seguraria, não porque ela era filha única, mas porque ela era o fruto de seu juramento comum. Ela calculava sempre seu peso de esperança e de caridade, mas ela não era pesada. Eles tinham aquele olhar opaco das pessoas que não enxergam mais. Tinham no coração aquela impaciência mortal que mata os gestos cotidianos. Ela conhecia o apelo da floresta que martiriza os animais selvagens presos ao pé da mesa da cozinha. Ela sabia que eles preferiam roer até o fim a corda que os prendia. Tinha visto a pata, a mão que tinham cortado para se libertar. Ela se lembrava de Lorde Jim e Priscilla perdidos para sempre, que a gaiola verde tinha sido incapaz de reter.

25

Nas noites em que seus pais não apareciam, a bela equipe a servia com uniforme completo, como a Madre de Deus tinha pedido, o jantar que precedia a oração coletiva. O coração transtornado, os olhos inchados, Chrétienne se instalava no lugar do governador. Jantava sozinha sob a luz do lampião que, tão violenta e branca, destacava as cabeças do resto dos corpos. Ela se mantinha ereta, vigiada por aqueles decapitados. Comia coisas desconhecidas cujos nomes ela não ousava perguntar. Dentro da sua boca tudo se assemelhava, o limão verde anestesiava o gosto.

No domingo, São João fazia servir um suspiro em forma de terrina com duas alças, uma tampa revestida com uma maçã que se abria sobre uma calda espessa. Havia sempre suficiente para 15 pessoas, a Madre de Deus exigia que se partilhasse a mesma refeição. Sobre a crosta do suspiro, o papel de jornal que havia servido para lhe dar a forma ficava colado. Dentro do seu prato, Cristiana reconhecia os fragmentos das notícias populares, os pedaços de sentenças administrativas.

— Leitura — comentava ela para evitar qualquer repreensão sobre sua inatividade escolar.

E quando queriam retirar seu prato, ela dizia:

— Eu ainda não acabei de ler a história — e depois enfiava o papel, a massa e a calda dentro da boca.

Eles a levavam até o salão para fazê-la orar diante da parede branca. Ficavam todos os 12 atrás dela, todos os 12 com seus galões e seus botões dourados que a apressavam silenciosamente para que terminasse. Ela rezava o Pai-Nosso que está no mar e nossa mãe que está numa ilha, ela rezava com a confusão dos presidiários que pediam socorro aos deuses bretões e aos peixes voadores. Colocara no centro da sua fé um chinês dourado, um cão negro, um sapo cinza. Assim que acabava, quer dizer, assim que ela se levantava e se virava, eles assopravam a luz e ela recebia a noite como a morte, em pleno peito.

Em sua cama, ela escutava os ruídos dos homens que se afastavam, os degraus que estalavam, o passo do vigilante noturno que fazia a ronda da varanda e cuja cabeça se enquadrava a cada 15 minutos na sua janela sem cortina e sem porta para sondar seu sono no fundo da sua cama. Na noite escura os sons dos animais se iluminavam com a vivacidade de um fogo que acende, se ergue e se espalha. Retidos pela luz durante todo o dia, a sombra os liberava numa excitação febril, desordenada e impaciente. Eles lutavam para conseguir dominar, não achando nem seu lugar, nem a nota, vinham cada vez mais rápido, se esgotando no meio do terreno, já sem fôlego, desafinados ou, ao contrário, tonitruantes, possantes e mecânicos como sirenes enlouquecidas que enchiam o ar com suas estridências prolongadas. Ela não ouvia mais a sua respiração em meio àqueles alaridos, àqueles mugidos, àqueles silvos, sem contar tudo o que não se podia ainda perceber naquela cacofonia que esperava apenas, em todos os estágios da vida, o momento de chegar a sua vez. Um vazio, um espasmo, um animal morto ou esvaecido e um berro, um gemido, um riso, uma fricção tomava o espaço até o esgotamento.

Certas noites, ela notava seu pai fazendo a ronda do palácio dentro da varanda. Ele andava nu, os braços afastados, lívido e magro como um grande Cristo descrucificado que procurasse sua cruz. Ele tinha horror ao suor, evitava tudo que o pudesse provocar, só bebia se molhando os lábios mas não conseguia impedir que a umidade se grudasse contra o seu corpo, envolvendo-o de um modo que ele execrava como se ela tivesse saído dos poros da sua pele e não das fontes noturnas e da espessura da névoa. O vento o curava, o vento o restabelecia. Ele passeava nu abrindo os braços, esticando os dedos. Os olhos fechados, ele apaziguava sua insônia e se secava da mesma maneira que as aves de rapina abrindo suas asas. Não havia nenhuma dobra, nenhum vinco, nenhuma ruga dentro da qual o suor pudesse estagnar-se, somente sua cicatriz, morta depois de tanto tempo e que ele já não mais sentia, conseguia retê-lo.

Ela lembrou-se de ter observado o sexo do seu pai como o de certos mártires que sofreram tanto que não mais se retraíram. Um sexo abandonado às tenazes que, curiosamente, o ignoraram, ocupadas demais em revistar os flancos, perfurar as pernas, desarticular os ombros, partir o pescoço. Aquele sexo inocente que as tenazes e as prostitutas não tinham tocado. Aquele sexo que o carrasco dissimula com um trapo branco, um pedaço de pano mal o cobrindo, um pequeno fragmento de humanidade esquecido na grande catástrofe, o deicídio magistral.

Às vezes, ela ouvia sua mãe que voltava das suas visitas noturnas e que se deitava furtivamente no cômodo ao lado. Ela a chamava:

— Mamãe, mamãe!

Só lhe respondia o leve ronco da Madre de Deus que o ópio adormecia profundamente.

26

Um cachorro. Todos os seus desejos se focalizaram num cachorro.
— Nada de cachorro — tinha decretado o governador. Ora, ela tinha descoberto que um presidiário escondia ali mesmo dentro do depósito do palácio do governador, bem embaixo de seu quarto, uma cadela que, ela também, tinha camuflado sua ninhada. Mentiras e desconfianças em todos estágios da vida. Havia cinco cachorrinhos para liquidar que o presidiário tinha encontrado tarde demais, bem vivos e já sobre suas patas. Ele procurava distribuí-los. Fez com que lhe perguntassem se ela queria um. Ela aceitou na hora. Ele a conduziu até a cadela e pediu que escolhesse.

Ela queria todos mas, pressionada pelo presidiário, apontou para o grande amarelo com a cabeça branca, pela mesma ausência de motivo com que teria apanhado o pequeno amarelo com o rabo branco, ou o outro, branco com uma mancha amarela em cima do olho. Eles eram todos horríveis, puxando à mãe, quer dizer à hiena, mãe essa que tinha também sido resultado de uma escolha daquele tipo. No meio de uma ninhada amarelada, o presidiário tinha eleito uma hiena e Chrétienne escolheu o filho da hiena.

O presidiário estranhou que ela não o levasse consigo, mas entendeu que, por gentileza, os pais fossem antes prevenidos. Operação da qual Chrétienne contava se livrar a partir do dia seguinte, ao café da manhã quando, após uma boa noite de sono, a Madre de Deus estaria mais relaxada. Ela não estava lá e o mau humor do governador, concentrado em alguma cerimônia oficial, fez com que a balança pendesse para um silêncio prudente. Indo acariciar o cachorrinho, Chrétienne decidiu-se por um prazo até a noite seguinte. Mas a Madre de Deus, chocada com a indescritível multiplicação de cães devorados pela verminose nas ruas, decretou que, para uma melhor higiene pública, era preciso abater todos os cães errantes.

Depois de alguns dias, o cachorrinho ficou só com sua mãe. O resto da ninhada tinha desaparecido, os crânios despedaçados sobre as rochas, medida humanitária, antes de serem lançados ao mar. De repente, o cachorrinho ganhou uma desmesurada importância. Salvo das águas e destinado a viver no palácio do governador, sua presença revestia-se de algo de imperioso. O presidiário se queixava de que o cãozinho, que prosperava bebendo em todas as mamas, ressecava sua cadela. Ele estava com ciúmes.

Não havia mais como tergiversar, Chrétienne reuniu todas as suas forças e passou ao ataque:

— Eu quero um cachorro.

Ao que a Madre de Deus retorquiu que não se dizia "eu quero" e que mesmo o rei da França, dizia "nós queremos". Essa reflexão deixava entender que, com uma sintaxe mais bordejante, seria possível tentar novamente sua chance e obter o que queria. Mas o governador que tinha, por sua vez, ouvido perfeitamente, disse com aquela voz lívida que a fazia tremer.

— Isso está fora de questão.

Projetando seu olhar bem azul, bem frio, dentro dos olhos de sua filha e destacando cada palavra:

— Eu disse que estava fora de questão ter um cachorro aqui.

E, como se faz com os débeis, os analfabetos e os cretinos, ele lhe ordenou repetir suas palavras na seqüência exata em que haviam sido pronunciadas. A menina disse:

— Está fora de questão ter um cachorro aqui.

O governador acrescentou:

— Está bem entendido? Repita.

A menina disse:

— Está bem entendido.

— Amém — concluiu o governador.

O presidiário acabou por levar embora sua querida hiena, colocou-lhe uma focinheira e a amarrou a dois quilômetros de lá, dentro de um calabouço, esperando que o amor materno passasse com o leite. Ela puxou sua corda por muito tempo e depois, um dia, estava novamente no cio. Ele a surrou e em seguida a consolou apertando-a nos braços. Dentro do depósito, o cãozinho brutalmente desmamado definhava. Chrétienne lhe trazia leite e tudo aquilo que conseguia esconder da vigilância de São João.

— Você gosta de leite agora?
Ela não sabia misturá-lo e despejava no fundo da panela uma matéria pegajosa, concentrada e gordurosa que matava de sede o cachorrinho e arruinava suas tripas. Em alguns dias, ele ficou como um galho seco com tufos de pêlos amarelos que soltavam quando ela os tocava. Já fazia um tempão que ele não lhe fazia mais festa e, de tanto chorar, tinha perdido a voz. Ele não passava de uma mecânica asfixiada da qual se diz que, depois de falhar mais algumas vezes, acabaria por parar de vez.
Chrétienne não vinha mais ver se ele estava vivo, mas se ele tinha enfim morrido. No dia em que os ratos levaram a metade de seu focinho, isso foi demais e ela ficou tão petrificada diante do corpo mutilado quanto tinha ficado diante das cabeças cortadas que continuavam ali, envolvidas de líquido como se fosse por um foco translúcido. Seguindo em direção às cabeças para evitar o cachorro, achando-as menos assustadoras, mortas como estavam, do que ele que ainda vivia, ela saiu do depósito. Mas antes, tinha cuspido em volta do cãozinho para atrair as formigas.
A vida era medonha. Onde quer que fosse, não conseguia esquecer o que tinha visto. Esperava que as formigas fizessem seu trabalho com presteza, que acabassem com o corpo, retirassem o odor, supondo a cada instante a amplidão e a rapidez da tarefa, mas ressentindo no mesmo momento o medo e a dor numa combinação que apertava sua garganta e queimava seus olhos. As refeições eram atrozes sob o olhar do governador, mas as noites eram terríveis. Quando tinha finalmente decidido se confessar a Madre de Deus, chamou no vazio:
— Mamãe! Mamãe!
Ninguém lhe respondia. Sua mãe tinha partido para sempre.

27

A algazarra de briga ao pé do palácio, estrépito de vozes, aglomeração de gente, movimentação febril no presídio, como quando se arma o cadafalso. Haviam descoberto o cachorrinho, o corpo mutilado, devorado vivo, que agitava espasmodicamente uma pata sem que se soubesse se ainda respirava, ou se as formigas que o habitavam remexiam o cadáver. O frio cresceu dentro do coração de Chrétienne e paralisou todos os seus membros.

Foi fácil a instrução de seu processo, ela estava com muita vontade de confessar.

O que REPUGNAVA ao governador, essa mesma palavra que ele empregava para a manteiga sobre o pão, o açúcar dentro do café e a nostalgia que lhe apertava a garganta, o que lhe REPUGNAVA, era primeiramente aquele espírito de dissimulação, aquela farsa construída, aquela mentira renovada. Ela chorava e, sobre sua face fria, escorriam lágrimas quentes que a queimavam.

O que o governador achava HORRÍVEL, era que ela tinha chegado, da dissimulação ao embuste, até o CRIME, pois o abandono de um animal é um crime, e seu crime era ainda mais atroz porque ela continuara a viver como se nada tivesse acontecido.

Planchon contou que aqueles fatos lhe eram habituais e sem falar dos peixes que ela deixava morrer na praia. O restante da bela equipe, sinceramente transtornada pelo estado do cachorro, tomados por aquela sentimentalidade em relação aos animais companheiros que permanece a marca dos mais desprovidos e dos corações mais endurecidos, sacudiam a cabeça. Conforme explicavam ao governador, se eles tivessem sabido, se ELA lhes tivesse contado, teriam adotado e cuidado do cachorrinho, mas a SENHORITA fazia apenas o que bem entendia. Ela preparava seus golpes em silêncio.

— Você ganhou — continuou o governador — vem ver o SEU cachorro, vem olhar em que estado você o deixou.

Ela não queria ver, ela queria — o rei diz nós queremos — ela, queremos rápido, rápido, que viesse a punição. Rápido, rápido, a régua e os dois tijolos. Ela queremos, crucificada, ser surrada até a morte.

— Mas ele não está morto — constatou o governador. E, virando-se na sua direção: — O que você propõe?

Ela não propunha nada. Que o levassem, que lhe batessem com a cabeça, que lhe despedaçassem o crânio, que o lançassem ao mar, que os tubarões o DEVORASSEM...

— Isso seria muito simples! — rugiu o governador.

A injustiça, a infelicidade, a culpa vinham sobre ela, semelhantes às descargas elétricas contra as quais ele lutava para não berrar. Por que razão se descontaria sobre os outros suas próprias sujeiras? Por que razão os INOCENTES — era preciso ver a cara dos inocentes — pagariam pelos culpados? Se não se é capaz de garantir a vida daqueles pelos quais se é responsável, pelo menos deve-se ter a coragem de fazê-los morrer. Ele pediu sua pistola ao ordenança, a engatilhou e colocou-a na mão de sua filha.

— Pronto — disse — acabe com ele.

Se houve na sua vida uma situação na qual ela esperou que os anjos viessem salvá-la, fazendo-a escapar por milagre do pesadelo, esse foi no momento em que ela sentiu entre seus dedos entorpecidos a pistola tão pesada que fazia cair seus braços. Mas Deus não enviou os anjos. Visto que ele não os enviava naquele instante, ela compreendeu como numa revelação que ele não os enviaria nunca. Mais tarde, bem mais tarde, quando a evocação daquela cena ainda a fazia chorar, ela se disse que era primeiro no seu pai que deveria ter atirado, depois em cada um dos 12 apóstolos que assistiam ao espetáculo e, finalmente nela mesma, bem na cabeça, para fazê-la explodir de uma vez por todas, libertar a memória daquelas imagens que a queimavam, e desta mais do que todas as outras juntas. Matar a lembrança.

— Sem comentários — bradou o governador virando-se na direção dos presidiários.

E a Madre de Deus que não estava lá! Chrétienne a procurava dentro de cada cômodo e a chamava com um: "Mamãe! Mamãe!" que se inflamava e se amplificava no decorrer daquela urgência absoluta. "Mamãe!" um grito de angústia. "Mamãe!"

um urro selvagem. Esquecera que a Madre de Deus tinha partido para sempre. Ela a tinha abandonado completamente.

Chrétienne tinha sido educada pela sua mãe dentro do mito da aparição. Ela estava no centro de sua fé e, derramando-se à sua volta invadia com seus sinais o universo concreto. Um raio de sol prisioneiro de um espelho, o espectro de um arco-íris difuso e colorido que dançava sobre um vidro de janela colocavam seus corações em vigília, prontos a examinar as primeiras palpitações da visão o nimbo da santa presença, a luz da auréola. Com os rostos colados, as mãos enlaçadas, a respiração contida, esperavam que a aparição se fizesse, como um fogo tremeluzindo antes de se inflamar.

O desaparecimento não se controla, ele nos arrebata pelo ventre. No entanto, as intenções da Madre de Deus eram confessas, ela nunca tinha dissimulado que estava ali apenas de passagem e que ninguém, muito menos sua filha, a reteria na sua resolução. Casando-se com o governador, não tinha fundado um lar A criança tinha sido educada para enfrentar, sozinha e bem cedo, o mundo que a cercava. Ela não se tinha satisfeito com aquelas carícias enfraquecidas que teciam emaranhados laços dos quais nunca se pode se livrar. Não tinha brincado de amar sua criança, pois ela não a amava, em todo caso, não mais do que aos seus outros semelhantes, e bem menos do que aos leprosos. Conseguira vencer aquele embate de a nada se apegar, ao mesmo tempo em que se soltava. O futuro de Chrétienne, ela sequer o imaginava, contentando-se em evocar numa reviravolta, o Senhor que sempre alimenta seus passarinhos.

Desde o começo, ela multiplicou os indícios de sua última viagem, através de suas bruscas partidas, seus retornos adiados, suas ausências cada vez mais longas das quais se dizia que acabariam por tornar-se definitivas e, sobretudo, sua impaciência, que ela não sufocava mais. A Madre de Deus esperava apenas um sinal, a mancha branca e insensível que selaria seu corpo. Ela finalmente apareceu sobre a coxa, marca quase invisível. Tinham-na declarado doente, ela se tinha proclamado leprosa. Gritou a novidade, exultando de alegria. Ela partia. Deus estava presente para o encontro marcado.

Chrétienne voltou para sua cama, derradeiro refúgio quando se perdeu tudo e os seres que amamos nos deixaram. E embora fosse pleno dia, ela fechou cuidadosamente o mosquiteiro. O vazio do quarto abrandava-se através do filó com uma luz perolada que o tornava impreciso, leitoso e maternal. Ela observava através do véu aquele espaço tranqüilo e luminoso que a acalmava quase tanto quanto o fluxo das lágrimas que brilhavam sobre seu rosto e molhavam seu travesseiro. Ela se sentia fraca a ponto de não conseguir fazer nenhum movimento, nem pronunciar palavra, boa apenas para chorar contra a sua vontade, como se seu corpo transformado em planta estivesse fechado no centro das raízes, dentro do coração da árvore, e que ele morria sufocado mas sem sofrimento numa aflição depurada de cólera e revolta, uma aflição absoluta que se assemelhava à beatitude dos eleitos.

Ela sentia uma plenitude que só poderia ser descrita como um estado de repouso de tudo o que o corpo liga, aperta, coagula, estreita, comprime mas que, em vez de desembocar na alegria, a entregava por inteiro, através dos circuitos sinuosos de suas veias, à tristeza, mas a palavra ainda contém demasiada dor, aflição seria mais justo. Sim, era a aflição oculta entre os véus de um luto que mergulha na fonte das lágrimas e vai se ampliando ao longo de um rio que se avoluma pacificamente na direção de um mar que se estende até o infinito. Um oceano de infelicidade.

28

Ela estava tão ferida que ficou deitada, um dedo na boca, os olhos afogados em lágrimas. Sobre o telhado, a chuva batia, estalava. A água despencava sobre as extremidades da varanda e jorrava pelo chão onde espirrava. O horizonte havia derretido, não se via mais as ilhas, não se via mais o mar, não se via mais o sol. Nada além do odor da chuva, da terra, da lama; nada além do calor que a água não dissolvia; nada além do suor que corria com as lágrimas sobre seu rosto fazendo arder os olhos que se afundavam dentro de suas órbitas violetas.

Chrétienne chorava, ela não conseguia reter suas lágrimas que corriam pelo rosto. Como estava deitada, todo o seu crânio se banhava. Elas apaziguavam a dor que ali se concentrava. Elas a aspergiam com uma água santa muito suave que acalma as enxaquecas, apaga a memória. Ela derretia dentro de suas lágrimas como os pecadores que se erguem curados e perdoados após um mergulho. Tornara-se uma pequena, uma pequenina fonte e sua mãe, que era uma santa, tinha realizado seu primeiro milagre, cavar uma fonte no coração da sua filha, uma fonte inexaurível como se vê nos livros dos devotos. O quarto vazio se povoava com sinais da ausência eterna. A noite e o dia se engoliam dentro do enorme cômodo para onde a chuva havia empurrado milhões de insetos loucos que largavam sobre o chão o tapete quebradiço de suas asas opalescentes. Nos ângulos, as aranhas, hirsutas como farpas prateadas, teciam suas teias invisíveis. Lagartixas, com seus corações sombrios que pulsavam sob a pele transparente, corriam ao longo das paredes brancas onde se via o rastro brilhante de pequenos caracóis acinzentados. Ela apanhou um caracol que evoluía sobre sua pata pálida, segurou-o por um instante entre os dedos para excitar suas antenas que espetavam os minúsculos pontos negros dos olhos e, em seguida, sem poder resistir, ela colocou-o sobre a boca. Retraindo a pata, o caracol se apertou contra seus lábios, os prendeu e os chupou com um beijo frio e molhado. Mamãe, eu te amo.

    Chrétienne agora ficava sozinha no palácio do governador. Os presidiários fugiam dela, ela os amedrontava. Como as formigas, as moscas e os abutres, eles sabiam que ela ia morrer e a morte os assustava. Ela se deu conta, certa tarde, enquanto sentia dores nas entranhas tão fortes e tão incontroláveis que tinham colocado perto do seu leito um balde de zinco semelhante àquele no qual tinham carregado a carcaça. Ela estava sentada sobre o balde grande demais que lhe apertava as coxas, nua com a pele marcada pelo frio da febre após os suores ardentes, a barriga sacudida por espasmos que a curvavam por causa das cólicas agudas. Ela ficava de boca aberta sobre um grito que não saía, aterrorizada com a idéia de levantar-se e perceber o que havia dentro do balde, não tendo mais lágrimas e, ainda por cima, desmaiando de cansaço, jogada no chão próxima ao balde que tinha virado.

Ela ficou terrivelmente doente. Ao abandonar o cadáver, todas as doenças do cachorrinho tinham se precipitado sobre ela. Pegou sarna e seu corpo se cobriu de placas vermelhas que só se atenuaram quando a mergulharam dentro de um caldo verde e azedo, escovando-a com luva feita de crina. Sobre a pele mal recuperada apareceram furúnculos que dilatavam e pulsavam tão dolorosamente que ela tinha a impressão que eles viviam e alimentavam-se do seu sangue. Eles se endureceram profundamente dentro da carne que cavavam e bloquearam suas articulações. Ela não conseguia mais se sentar, nem andar. Após a cera quente destinada a amolecer o carnegão, lançaram mão do bisturi. Ela urrava.

Suas coxas ficaram marcadas com profundas crateras e cheias de cortes brancos. Era, acreditavam, a origem do enfraquecimento da sua perna direita que tinha sofrido mais do que a outra e que se pôs a definhar e, depois, entortar para o interior de tal modo que só conseguia avançar mancando. Foi então que ela tomou conhecimento não teórico do carrapato que gangrena em silêncio seu território e do bicho-do-pé que circula sob a pele, e por isso receia-se sempre que penetre no coração ou suba à cabeça. Seu corpo tornara-se a presa de minúsculos inimigos que o ocupavam e o devastavam como se ela estivesse morta. Tinha visto a dança frenética dos urubus perto dos cadáveres, ela tinha visto o alerta iminente das formigas em volta de um pássaro caído, tinha visto a inevitável picada das moscas sobre um animal adormecido. Esses animais nunca se enganavam, ela esperava que os seus, por menores que fossem, não se enganassem tampouco e que ela não morresse sem o saber.

Ela perdeu seus cabelos e, sobre seu crânio descascado, os médicos consultados hesitavam. Ela desencorajava o diagnóstico. Depois da doença dos animais, tinha sido tomada pela dos vegetais. Eles não reconheciam a pelada dos ébanos, a erisipela dos algodoeiros, o cancro dos manguezais, observando seus tubos de ensaio florescendo com tecidos flácidos, ervas duras, algas franjadas que não lhes diziam nada de aproveitável.

Chamado para socorrer, Dédé tratou dela. Ele a segurava nos braços, apertando forte o seu tronco. Ele queria esquentar seu coração, fazer passar pela pele, pela respiração, aquela vida que o habitava. Ele fez curativos sem gaze, sem algodão, mas com a polpa dos seus dedos, a carne das suas mãos. Ele ficou junto a ela, apertando o rosto dela contra o seu, ele a incubava.

— Minha boneca — ele lhe dizia —, minha pequenina.

29

Sinais mostravam que ela recuperava a vida. Dédé sentia reflorescer sua força vital. Por experiência, ele era sensível àquela energia que emana de certos corpos mais atingidos do que outros e que lhe fazia prognosticar que esse viveria e que o outro, aparentemente menos afetado, não passaria de uma noite. Sentia que, em Cristiana, a alma a espreita, reintegrava o corpo emagrecido, manco e desfigurado, que ela mostrava mesmo impaciência para retomar o jogo extraordinário da paixão, do amor e do deslumbramento. Aquela alma que tinha se extraviado pelos sapos, bagres, presidiários, cabeças cortadas e anões de circo só pedia para prosseguir com sua aventura, continuar a inventar, a brincar com as palavras, recuperar os números derrubados durante o combate.

Retornando à vida, ela tinha pedido seu livro de contos. Não conseguiam achá-lo. Planchon lhe mostrou sua mão bem aberta e a fechou como se amassasse uma folha de papel:

— No lixo!

Senhor Vento e Senhora Chuva, vagas lembranças de um mundo refinado e precioso, que jazia no fundo de um buraco, coberto por folhas imundas.

Dédé lhe trouxe um catálogo e uma tesoura de cirurgia, era quase uma pinça; tão curtas eram as lâminas nas extremidades das longas hastes. De início, interessou-se só pela tesoura, cuja ponta ela fazia mexer no vazio, e em seguida veio-lhe a idéia de que poderia tentar usá-la nas páginas do catálogo. Ela se pôs a recortar as silhuetas elegantes das senhoras e dos senhores e não parou mais. Tinha começado por uma família, pai, mãe, filho, que ela equipou da cabeça aos pés com os recursos extraordinários do catálogo, onde se achavam os mais completos enxovais, roupas para a caça e para a pesca, e até mesmo para passeios automobilísticos. Ela não acabava de incrementar seu guarda-roupa ou a arrumação da casa, pois o catálogo fornecia, até o supérfluo, serviços de copos de vinho do porto em cristal da Boêmia, toalhas bordadas, aquecedores para os pés, braceletes contra os reumatismos, cintas para a barriga, bengalas com espadas embutidas, ferro para fazer permanentes, jogos de cartas, correias e focinheiras para os cães, buzinas de neblina e trombetas de caça.

Chrétienne recortava num arrebatamento maníaco. Recortou tantas famílias quantas podiam se encontrar no catálogo que trazia, por fim, homens e mulheres dos quais ela cortava as pernas para fazer crianças. Famílias que se invejavam por causa da única máquina para fazer cidra que havia em casa, ou o lote de quinhentas rolhas. Ela fez uma família riquíssima, que alojou sob seu leito, exposta à cobiça de todas as outras, que tinham escolhido domicílio sob cada poltrona do salão. De quatro, negociava interminavelmente a troca de um ferro de passar especialmente concebido para as golas das camisas por uma chaleira elétrica inglesa, ou simples cortinas para o dia. Seus recursos se esgotaram, no catálogo restavam apenas alicates e parafusos.

Aquele equilíbrio econômico e social era tão difícil de defender que ela não suportava que ele fosse perturbado do exterior. Quando os presidiários que lavavam o chão apareciam para fazer seu trabalho de inundação, como se o que acontecia lá fora não fosse o bastante, ela os expulsava, com aquela voz aguda e desafinada que não lhe pertencia, com todos os insultos que a atormentavam.

— Eu acabo com você; eu te mato; te estrangulo; te esgano; te furo com minha faca; te faço explodir; te jogo no lixo; te infecciono; te corto; eu te lanço aos tubarões.

Eles abandonavam a peleja, com seu tamanho que havia diminuído o equivalente a uma cabeça, seus quilos a menos, ela demonstrava uma força e uma violência que os aterrorizavam. Eles aprenderam a viver com os mil recortes que descobriam nos lugares mais estranhos como exploradores que acham no coração da floresta signos, totens e flechas que lhes dizem que não devem ir além daquele ponto. Havia locais dentro do palácio do governador que, agora, chamavam-se a "praia", a "montanha", ou a "terra de Adélia". Havia, dentro de um cômodo reservado para "Paris", um *dancing-club:* o "Tango's".

Somente São João conseguia enfrentá-la. Ele vinha buscá-la.

— Vamos lá, senhorita, ao trabalho.
Ela não queria.
— Ditado, gramática, cálculo?
Ela não queria.
— História Sagrada? Bíblia?
Ela não queria. Não estava cheia de seios cortados, narizes cortados, línguas cortadas, braços cortados, pernas cortadas, mãos cortadas, orelhas cortadas, cabeças cortadas...
— Cabeças cortadas que os melhores dos santos carregam polidamente sob os braços como chapéus?
— Não, as cabeças cortadas dos santos lá debaixo que estão imersas no formol.
— Então Santa Blandine, só por causa do touro.
— Não.
— São Daniel e seu belo leão.
— Não.
— Joana d'Arc e o bispo porco.
Ela não queria e o dizia firmemente sacudindo a cabeça calva que se reduzia ao tamanho de um punho fechado, ela o dizia com os olhos cerrados, a boca fechada.
— Então a geografia? Só para fazer as famílias viajarem?
Isso ela queria e ia até o quarto do governador buscar os mapas da Marinha.
Caiena é uma ilha, começava São João, de onde só se pode sair pelo mar, ou pela selva. As duas opções tinham suas vantagens e seus inconvenientes. Opção um, a selva, passível de ser tentada desde que se tivesse uma bússola, mas durante a estação seca com grande quantidade de latas de conservas, de outro modo seria atolar no lodaçal, a fome, e as famílias se devorariam umas às outras. Opção dois, o mar, *a priori*, nenhum problema, bastava deixar-se levar pelas correntes que vão

do sul para o norte. Mas era preciso localizá-las, não se afastar demais da costa, passar pelas áreas lodacentas e bancos de areia, evitar os faróis. Na verdade, a jangada parecia perigosa...

— Por que — interrompeu Chrétienne — as famílias pegariam uma jangada? Elas iriam de navio.

Chrétienne foi obrigada a reconhecer que não havia navio no catálogo e, diante desta deficiência, aceitar um barco de pesca que fascinava São João. A opção dois parecia ser a melhor. São João, o mapa na mão, estudava com a concentração que exigem os grandes projetos. Logo Chrétienne escutou no fundo do depósito o som de madeira sendo martelada. Com todas as caixas que lá existiam, tinham com o que construir o barco que iria salvar as famílias. A menos que, como nas lendas da Bretanha, não levassem senão as cabeças para que, à deriva, tão rápidas quanto às nuvens, seguindo as correntes, elas fizessem em alguma margem ignorada os milagres para os quais tinham sido cortadas.

30

A bela equipe fugiu. Ela se eclipsou ao último golpe do martelo. Um silêncio pesou repentinamente no palácio do governador. Não foi uma evasão improvisada, os presidiários tinham levado remédios, víveres e cartas de navegação. São João tinha preparado tudo, aproveitando ser o santo dos santos para evitar as suspeitas. O governador se interrogava quanto aos homens em que tinha depositado sua confiança a ponto de abandonar a educação da própria filha. Por que eles o tinham traído de modo tão desleal, pegando-o pelas costas como um inimigo, recusando o combate, agachados no fundo de suas trincheiras para salvar suas peles, inertes, com o barulho da chuva sobre suas capas lubrificadas e o jorrar da água sobre seus capacetes de ferro? Ele tinha comandado um exército insubmisso e prostrado que se fingia de morto para salvar sua vida.

O alto Comissário não estava aborrecido ao retomar o seu lema e explicar:

— Um presidiário é um presidiário...

— Mas eles tinham cumprido suas penas. Não corriam mais nenhum risco. Fugindo, eles perdiam tudo.

— Eles tinham a fuga no sangue: tentar mais uma vez a evasão mítica, domar enquanto tivessem força à floresta e as serpentes, o mar e os tubarões. Tornarem-se célebres, ficarem ricos, ultrapassarem o destino, não acabarem como criados, mesmo fantasiados de generais.

A sociedade de Caiena se inflamou, as evasões a faziam sonhar, cada indivíduo acariciava uma dentro do seu coração. Contrariamente aos presidiários, os funcionários de Caiena sabiam que não poderiam partir antes do fim de uma estadia que se eternizava. Eles desoprimiam-se. Contavam sobre os rios que os presidiários seguiam alternando seus cursos e limpando as ilhas onde tinham encontrado refúgio, as areias movediças que em lenta deglutição engoliam suas presas, as grandes árvores da América que levantavam e sufocavam os fugitivos com seus galhos, os cortavam com suas raízes, devoravam a carne e chupavam os ossos que depois eram achados brancos e limpos como lanternas mortas.

Chrétienne lembrou-se dos bordéis de Caracas, das moças quase brancas que balançavam como leques as abas vermelhas de seus vestidos pretos, as dentaduras feitas de pepitas de ouro, a droga dentro dos sacos de farinha, as orquestras de samba que tocam a noite toda, a vida toda, os cães sábios que usam óculos e lêem os jornais, um homem tão rico que lava as mãos no vinho de Bordeaux e um outro que fez ladrilhar sua casa com moedas de ouro.

Ela estava contente que os presidiários tivessem conseguido escapar. Aliviada que São João tivesse esvaziado a cozinha de seus dejetos sangrentos, restos da tortura dos santos cujos suplícios ele adorava contar. Era certamente necessário que ele os trancasse em outra parte, em algum relicário gigante, os imensos sofrimentos que berravam até o céu. Estava satisfeita que ele tivesse lembrado de levar seu horrível peru do qual ela lembrava a cabeça calva e cega, a dura ereção contra as coxas nuas, a baba que umedecia sua boca.

Seu pai teve piedade. Nascera da guerra e da lepra, arrancada da sua morte, excrescência inaudita dentro de um ventre de virgem, ela deveria ter morrido nele, com ele, sobre uma porção de cadáveres, deveria ter morrido ainda no seio estreito de castidade da sua mãe e tinha vivido. Ela era um milagre que tinha virado uma maldição, uma esperança desesperada, uma felicidade infeliz. Ela assemelhava-se aos piores dos seus pesadelos quando o estrépito das balas perfuravam seu cérebro destruído, ou aos sonhos de sua mãe perturbada loucamente pela obsessão de sua redenção leprosa. Observando sua filha, o governador se dizia que a Madre de Deus tinha se enganado buscando a lepra nos confessionários atrás das cortinas de pano rígido de gordura, ela tinha germinado dentro de seu ventre, ela habitava sob o mesmo teto, ela os tinha infectado, eles tinham se contagiado desesperadamente como uma doença mortal e, agora, lá estava ela, ranhosa, descascada, com sua voz rouca e sufocada. Horrenda como a morte.

Ele só pensava na maneira como equiparia o *Marie-Lise* para sua primeira viagem, para seu último naufrágio; por quais correntes, sob que ventos, ele faria rugir sua estrutura; em que exígua entrada de um rio, na direção de que passagem estreita ele rasgaria suas velas; sobre que banco de areia, sobre que recife, contra que rochedos escuros ele partiria sua quilha. E, naufragado, sob que tronco seu corpo apodreceria, a que poste grosseiramente colorido ele seria amarrado, o corpo crivado de flechas. A menos que fosse primeiramente feito prisioneiro de um soldado perdido, o escravo branco de um negro marrom, o trabalhador forçado de um trabalhador forçado e que, condenado à morte, fosse crucificado sobre uma árvore cintilante de seiva vermelha com orações abomináveis recitadas por um renegado desesperado e cruel. Ele não teria mais nome. Os mortos não têm memória. Acompanhariam por alguns instantes a forma das suas velas, o rasto da quilha e depois o céu e o mar o absorveriam para não devolvê-lo jamais.

31

Um telegrama oficial informou à sua família a notícia do desaparecimento do governador, perdidos corpo e bens, mais a tripulação, mais o ordenança.

Os pais da Madre de Deus não entenderam nada da última carta que ela lhes tinha enviado na precipitação e na alegria da partida. O papel mofado havia sofrido com a monção. No convés do navio, as encomendas marítimas haviam transvasado o saco dos correios, esfregado os envelopes, misturado as tintas. Eles examinaram o papel dissolvido no qual a tinta diluída apagava as linhas. Avaliaram pelo aspecto da carta a situação de sua neta, pois, através de algumas palavras recuperadas aqui e ali, era dela que se tratava.

As famílias reuniram-se com urgência. Elas se avaliaram e se acharam demasiadamente velhas, demasiadamente doentes para acolher a criança. Acentuaram os sinais do seu cansaço, os sintomas de suas doenças. Exageraram quanto às vertigens que os faziam se apoiar sobre a lareira de mármore, derrubando na passagem o pequeno altar que usavam para falar com os mortos que ninguém interrogava mais. Elas fechavam os olhos como se uma luz forte demais jorrasse entre as cortinas cuidadosamente fechadas, atrás das portas trancadas. E, quando se sentavam, as xícaras tiritavam entre suas velhas mãos cobertas de veias. À força de se terem preparado cada noite para a morte, à força de ter que suplicar ao Senhor a cada manhã de lhes oferecer a última viagem, elas tinham renunciado ao mundo e a vida pesava sobre elas.

De comum acordo, elas lamentaram a existência de Chrétienne que as forçava a adiar seu grande desejo pelo nada. Elas deploravam ao mesmo tempo o destino do homem e da mulher que a tinham colocado no mundo. Mas o que era aquilo? Cada uma criticava o seu.

— Ir para o mar, como se fosse um canhoneiro...! — resmungava a família do governador.

— Acabar leprosa, que obstinação! — gemia a família da Madre de Deus.

— Tudo isso para deixar uma criança doente! Uma menina — praguejava o avô.

— Uma crioula, talvez uma negra — objetou uma avó que pensava que a pele negra se pegasse com o sol.

Monsenhor trouxe uma nota de esperança. Ele aproveitava sua posição no Vaticano para fazer com que examinassem o caso da sua irmã e a inscrevessem na lista dos bem-aventurados missionários.

— Você o disse também em relação ao seu irmão — objetou sua mãe.

Ela apontava com o dedo o buraco onde vivia o eremita. As lentidões da Igreja deixavam-lhe nos braços um louco, uma leprosa e uma órfã, enquanto com um pouco mais de ardor e de convicção, Monsenhor teria podido homenagear dois santos declarados. Na árvore genealógica que tinha crescido dentro do seu coração, ela deplorava que aquele rebento intumescido, atraindo toda a seiva para si e a retendo dentro das dobras do seu traje escarlate, tivesse ressecado os ramos vizinhos. Ela não gostava do seu gordo prelado, mas desprezava também a conduta da sua filha. O fato de ela ter dado à luz, mesmo que uma única vez, lançava dúvida sobre a sua santidade. Olhariam o ventre da santa e o ventre a trairia. E ainda por cima o ópio! A santidade era uma operação à carne viva, sem anestesia!

— Eles vão morrer logo — disse o Monsenhor para consolar sua mãe. — Uma vez mortos, isso será mais fácil.

— Se você o diz — resmungou a velha senhora cheia de suspeita.

Para mostrar sua boa-fé, o Monsenhor disse que cuidaria da criança, faria com que fosse admitida na melhor das instituições.

— Já que você cuidará disso...

— Está tudo resolvido — disse Dédé para Chrétienne.
— Você vai sair daqui, vão te repatriar.

Com essa palavra, os estandartes se levantaram no coração de Chrétienne para uma cerimônia de glória e de luto. Homens emocionados se inclinavam diante dos monumentos pelos mortos encimados por galos enfeitados, cobertos por feixes de fitas, enquanto soavam os sinos aos mortos. Ela se sentia fraca demais para ser repatriada, para passar com dignidade entre os ramos de honra, os mutilados de guerra e as viúvas negras que sustentavam sobre os ombros garotinhos de calças curtas.

— Não sei se eu poderei — disse ela para Dédé que lhe segurava a mão. — Quer dizer, se eu posso agora.

Ele apertou sua mão para confortá-la e depois a virou para ler-lhe as linhas.

— Você poderá — lhe assegurou —, você poderá completamente.

— Mas será que eu terei roupas pretas?

Veio-lhe ao espírito que não poderiam repatriá-la nos trapos do presídio.

— Não se preocupe, você irá para uma instituição.

— Santa-Maria, não.

— Nem Santa-Maria, nem São Lourenço, nem São Luís, nem Santo Agostinho, nem São Felipe — disse ele rindo. — Não um magnífico convento, algo de suntuoso, o paraíso terrestre, Santa Morte!

— Santa Morte! Pensei que eu ia ser repatriada!

— Você será repatriada e, depois, irá com as senhoras de Santa Morte.

— Ah! respondeu ela.

Um frio mortal apoderou-se dela, tão nitidamente quanto o que invade o condenado quando ele compreende que irá para outra, que ele ouviu dizer e repetir, que ele consente finalmente e, talvez, disso se alegre, que certamente brincou com isso, que exigiu, um dia ou outro, que lhe tatuassem em volta do pescoço o pontilhado fatal; que o frio invade quando a porta de ferro range e, quando no seu sono parcial, percebe o seu advogado e, atrás, o procurador e o padre. Bruscamente levantado de seu leito, os olhos fora das órbitas, apoiado pelo seu advogado: "Seja corajoso.".

— Vai ser bom — disse Dédé segurando-lhe a mão que foge, que se retorce, que congela, que morre.

Então, exige o condenado, papel, um lápis, rum, cigarros, ele conhece seus direitos, ele sabe seu fim.

— Então — reclama Chrétienne — o chinês, agora mesmo e não mais tarde.

— Está combinado — disse Dédé.

E se lhe concedem o impossível, isto prova que ela vai morrer. Ela fecha as pálpebras.

32

Tang estava na passagem da porta. Dédé o empurrava para que entrasse.

Ele via, deitado na cama sob o mosquiteiro, o corpo defunto de sua mãe, observava-o, muito curiosamente, com um misto de felicidade e pavor, aquela imensa tristeza na qual submergiríamos se nossos mortos que continuamos a chorar nos fossem devolvidos. Ele a condenava por tê-lo abandonado tão cedo. Sozinho ao dar seus primeiros passos entre as patas dos elefantes, sobre o estrume dos ursos, sem contar o período na maternidade dos macacos enjaulados, tendo de suportar seus incessantes vaivéns, suas cóleras elétricas, suas frenéticas caças aos piolhos, seus atos de amor indiferentes e mecânicos. No mesmo dia, uma velha fêmea o tinha tomado como seu bebê, forçando-o a mamar nos seus peitos murchos, e um enorme macho lhe mostrou seus dentes aguçados para que não se aproximasse da macaca vermelha que tinha sua proteção.

Com as focas ele tinha sentido frio e não gostava das brincadeiras que elas anunciavam com gritos guturais. Aos primeiros latidos, ele sabia que ia passar um quarto de hora bem desagradável. Ele rolava sobre si mesmo à beira da bacia, a cabeça enfiada dentro dos ombros, as pernas sob os braços, e aguardava que elas tivessem terminado com suas estúpidas gracinhas. Dentro de suas gargantas palpitantes, elas enfiavam um peixe fedorento que infestava o hálito e do qual Tang adivinhava os sobressaltos a cada etapa de suas deglutições, pois aquelas safadas voluptuosas não engoliam avidamente como acreditavam os espectadores. Elas acariciavam seu tubo digestivo, prolongando o prazer, bloqueando o peixe no meio do caminho, fazendo-o voltar com um arroto, soltando-o de uma vez, acelerando seu percurso até o estômago e o fechando à sua chegada para se deleitar um pouco mais. Eram grandes aproveitadoras, acariciando-se de um lado e do outro, pele e forro. E o peixe estava morto. Para não falar das volúpias a que se entregariam com uma carpa vivinha, palpitante e prateada que escorreria pela garganta como se fosse ao fundo de um buraco de água e lá fizesse arabescos que teriam sacudido de arrepios seus ventres lustrosos.

Era preciso que ela o soubesse. A situação não havia melhorado muito quando ele tinha passado todo viscoso da bacia das focas para a caravana de pelugem vermelha dos cães. Na aparência, havia mais conforto, era seco, quente, móveis como para os humanos, poltronas de madeira dourada, pequenas toalhas na cabeceira dos sofás, toalhas também sobre as mesas baixas e, brinquedos de borracha, sapatinhos negros e reluzentes, cactos rosa, um camundongo cinza, tudo isso espalhado sobre um tapete laranja. Ele poderia ter encontrado o seu lugar, ficar por uma vez com o dorso ereto, suas pernas oscilantes sobre uma das poltronas, mas os cães não o deixariam fazer isso. Eles tinham seus hábitos, eram ciumentos e vingativos neste assunto assim como, por sinal, em muitos outros. Jovem como era, tinha dificuldades para entendê-los, mais ainda do que a sociedade sexual dos macacos ou o bando ávido de focas.

Foi só bem mais tarde, quando ele fez contato com a sociedade de mulheres, que ele compreendeu a dos cães. Elas possuíam a mesma incoerência fundamental, os mesmos impulsos histéricos, como eles, elas passavam do riso às lágrimas, do sonho ao pesadelo, do abandono à excitação. Como eles, elas se faziam implorar, como eles, era preciso lisonjeá-las, como eles, tinha de suplicar-lhes para ficar ou voltar e, depois, quando, lasso, as deixava partir, elas pulavam em seu colo, buscavam sua boca para longos beijos gulosos, mais intensos à medida que eram recusados. Sempre com a língua na frente para deslizá-la em volta da boca e enfiá-la no fundo da garganta até dar-lhe vontade de vomitar.

Ele sentia uma aversão particular pelos odores mas, no geral, preferia a transpiração condimentada dos macacos, o peixe podre das focas do que o perfume dos cães e das mulheres que saíam de um frasco rosa, um aroma infecto destinado a encobrir uma emanação ignóbil que ele nunca tinha conseguido determinar. Não era um odor ordinário como a merda, a urina ou o suor, sequer um bolor felino e devasso, isso ele teria reconhecido, o circo o exala quilômetros à sua volta. Não, ele não conseguia saber. Tudo o que tinha aprendido a respeito dos cães e das mulheres é que os perfumavam, os empoavam, pintavam-lhe as unhas.

Durante muito tempo, ele não sabia que era um ser humano. Mas se ele tinha, bem ou mal, se adaptado a cada grupo de animais é porque, dentro do circo, eles não eram mais animais. Viviam em carroças, atrás das grades, com chicotadas. Viam desfilar as paisagens e, do picadeiro, centenas de mãos que aplaudiam. Os homens, esses foram, para ele, os primeiros monstros. Os Tottotes que partilhavam uma única cabeça e viviam bem, em comum acordo com braços e pernas, e as Tittites, que tinham duas cabeças na extremidade de seu único corpo e discutiam o tempo todo. Os animais lhe pareciam de aspecto muito mais harmonioso.

Ele não tinha entendido em que os palhaços, os acrobatas e os músicos eram superiores aos animais. No picadeiro, todo mundo era igual. Mas ele via claramente que os animais faziam mais sucesso. Trocavam de papéis. A mulher que fazia o pião no centro da lona não era mais mulher do que a foca em saiote que a aplaudia em troca de um peixe. Os acrobatas brincavam de passarinho. Mas os elefantes continuavam sendo elefantes, os leões, leões, os tigres, tigres.

Foi no presídio que ele descobriu que era um homem e aquilo não mudou muita coisa, para começar havia sempre as mesmas grades, as mesmas masmorras, os mesmos chicotes, os mesmos berros que existiam nas jaulas. A espécie era menos bonita, menos brincalhona e mais cruel. Seu pequeno tamanho o salvou, ali como antes, quando os animais o farejavam com repugnância para rejeitá-lo como sendo um não-semelhante.

Ele a condenava por isso e, deitada, totalmente estendida, a cabeça afundada dentro dos travesseiros, ela lhe dava pena. Ele lhe trazia uma fita vermelha de cetim, tão longa e tão brilhante quanto aquela que retinha a pipa que lhes tinha salvado a vida. Pois, no momento do seu nascimento, quando sua mãe, derrubada por uma urgência desconhecida, caiu no chão, presa pelos ombros com o peso do céu que a impedia de mexer-se, um corvo negro se pôs a sobrevoar a sua volta com aquela perseverança aplicada da raça quando sente o cheiro de cadáver, avaliando quantas voltas seriam necessárias até poder dar uma bicada e levar um pedaço.

Prisioneira da tempestade que a sacudia, a menina vigiava através da sua franja negra a implacável ronda do abutre que veio planar acima do corvo, assinalando que não lhe interessava apenas aquilo que lhe saía do ventre, mas ela mesma, toda coberta de sangue, que ele levaria nas garras. E, no instante em que tudo estava perdido, ela viu aparecer acima do corvo, acima do abutre uma pipa, uma enorme borboleta azul presa por um fio vermelho.

— Eu o darei a ela — explicou Dédé.

33

O bote de desembarque do presídio de Caiena lançou consecutivamente os três toques de apito regulamentares que, ressoando sobre toda a cidade avisavam que o barco do correio ia partir. Era um som profundo, grave e sentido, um urro desolado que feria o coração como um grito de abandono. Não havia um que não se fizesse arrebatar, ao escutá-lo, por uma tristeza profunda, uma vontade de partir, um desejo de fuga que era sobretudo uma grande necessidade de voltar. No interior do presídio, o apito do navio que partia ressoava lugubremente como uma condenação a mais.

No momento da partida, a multidão invadia o dique de madeira que avançava dentro do mar. Vinha-se ver quem partia. Agitavam-se os lenços, as mulheres choravam. Desceram a mala do governador que era tudo o que restava dele e a colocaram na proa do barco. Dédé pegou a menina nos braços e a instalou sobre o caixote. Ele a tinha deixado muito bonita com uma profusão de laços vermelhos de cetim nos tornozelos, em volta do pescoço e dos punhos, e duas pepitas de ouro que pendiam das orelhas. Ele sentou-se perto dela e envolveu seus ombros com seu braço.

Ela pôs sobre seus joelhos os sapatos que sua mãe tinha esquecido, e os consolava como animais perdidos, enlameados e feridos. Ela olhava na sola as marcas dos pés da Madre de Deus, a queimadura do couro desenhava o calcanhar e a forma de seus dedos. Lembrava das pernas longas, do ventre liso que o avental branco apertava nos quadris. Via suas mãos impacientes de unhas curtas, mas não se recordava mais do seu rosto, da cor dos olhos, a forma do nariz, a espessura da sua boca. Havia apenas o véu que se incrustava sobre a face, que flutuava sobre os ombros. Quanto ao seu odor, lhe era impossível reencontrá-lo.

O barco se afastou lentamente, margeando calmamente o palácio do governador imenso e amarelo que dominava o mar. Chrétienne descobriu diante do minúsculo espaço lodoso onde tinha freqüentemente brincado a prainha invadida pelos galhos negros dos mangues que o sal havia matado. Eles seguiram a costa onde o mar marcava sobre a areia uma toalha roxa na qual o sol produzia em alguns lugares manchas violetas, depois, rapidamente, as praias desapareceram sob o encrespamento sombrio e cerrado da floresta virgem que, além dos pântanos, obstruía o horizonte. Um país inteiro se afastava, um continente inteiro desaparecia, do qual ela só tinha conhecido, na extremidade da cidade, um pequeno espaço de lodo e, atrás dos muros e das grades, uma instalação sinistra e aquilo lhe dava vertigens, como a fragilidade rudimentar do barco de metal no oceano que as ondas começavam a sacudir.

Na parte posterior do barco Chrétienne tinha a gravidade religiosa daquelas figuras bárbaras, mudas e indecifráveis que os índios cobriam com ocre, plumas e conchas para se certificar de sua mansuetude. Dentro da gaiola verde que tinham erguido como um farol, o sapo lhe fazia, na parte de trás, uma espécie de mágico contrapeso. Ela o observava sem vê-lo. As imagens se dissolviam nos nevoeiros que agitavam, em volta do barco, uma bruma vinda da água, sob a luz do sol, durante as rápidas passagens das nuvens, o barulho das ondas e o balanço do barco.

— No que você está pensando? — perguntou Dédé.

Ela não pensava em nada. Tinha até mesmo dificuldade para reter o que enxergava, era como aquele momento que precede o adormecimento em que as imagens se confundem antes que o sono esvazie tudo. As imagens se embaralhavam na sua cabeça e a sua cabeça não passava de uma bolsa furada de onde as lembranças e os sentimentos escapavam irreversivelmente. Eles se debatiam como peixes vivos sobre as pranchas do barco, ela surpreendia seus sobressaltos brilhantes e depois deslizavam para dentro da água e se perdiam no fundo do oceano de lama.

— Você está com medo? — perguntou Dédé, acariciando-lhe a face.

Chrétienne tinha sentido muito medo, tinha sentido o tempo todo um medo terrível, mas agora não sabia mais do quê. O medo tinha se instalado na sua cabeça, tinha acendido seus fogos vermelhos que apertam o coração e congelam os músculos. Ela tinha ido além e, atrás do medo, descobria um espaço silencioso e vazio, um deserto atingido pela morte onde o céu rolava sobre a areia branca.

— Você está triste? — perguntou-lhe Dédé retirando da sua bochecha um cílio, como uma lágrima. — Você está triste. Não, ela não o estava tampouco. Suas lágrimas haviam regado a selva, elas haviam inundado territórios inteiros dentro de grandes lagos salgados que não deixavam ver, através da superfície estéril, senão a carcaça de árvores mortas.

O barco lutava contra as ondas, ele ia deixar o círculo do Amazonas para alcançar o oceano profundo e o Amazonas recusava-se a deixá-lo partir. No horizonte, percebia-se o grande transatlântico imóvel no meio do mar que o sol iluminava verticalmente e parecia negro contra o céu azul. O barco lançou um lamento e o navio lhe respondeu com um grito imenso e profundo. O barco lamentou-se mais uma vez e o navio lhe assegurou que estava lá, que o esperava. Ele se empinou sobre as ondas e se libertou de uma só vez do Amazonas, penetrou as águas azuis onde o grande navio o conduzia, auxiliando-o com pequenos gritos de reconhecimento. O barco enfim se colou ao seu flanco.

Içaram a mala do governador e os marujos saudaram com apitos sua lenta ascensão ao longo do casco do navio como se se tratasse do próprio caixão do governador. Quando foi a vez de Chrétienne, Dédé colocou-a sobre o primeiro degrau da plataforma. Ela ficou um momento imóvel buscando equilíbrio e ele acreditou que a guardaria para sempre, em seguida, os sapatos da sua mãe sob os braços, ela se moveu, inicialmente desajeitada, como as crianças que aprendem a andar, depois, à medida que avançava sobre a escada, de modo mais seguro e mais rápido. De lá onde Dédé se encontrava, ao pé da escada, no fundo do barco, ele a via subir bem alto, mais alto que o navio, em direção ao céu.

Caiena, 1949/1994

Este livro foi impresso nas oficinas da
DISTRIBUIDORA RECORD DE SERVIÇOS DE IMPRENSA S.A.
Rua Argentina, 171 – São Cristóvão – Rio de Janeiro, RJ
para a
Editora José Olympio Ltda.
em setembro de 2002

*

70º aniversário desta Casa de livros, fundada em 29.11.1931